集英社オレンジ文庫

# 金をつなぐ

## 北鎌倉七福堂

山本　瑤

本書は書き下ろしです。

# 目次

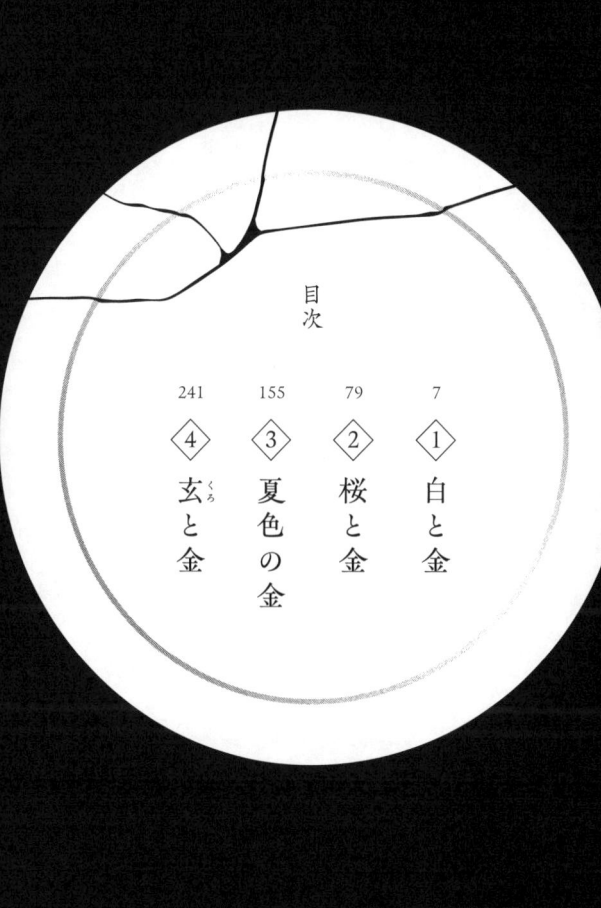

金《きん》をつなぐ
北鎌倉七福堂

# 1

# 白と金

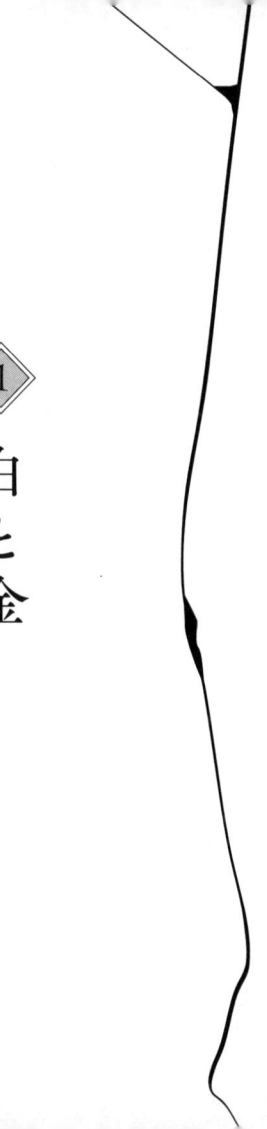

その小径《こみち》は細く長く続いている。両脇は竹を編んだ民家の壁で、石畳はきれいに掃き清められている。

古都鎌倉《かまくら》の北の玄関口――円覚寺《えんがくじ》や建長寺《けんちょうじ》の門前町でもあった北鎌倉。三月初旬、まだ冬の名残《なごり》を思わす冷たい風に乗って、東慶寺《とうけいじ》の梅の香りが書院を越えてあたり一帯に漂っている。

茶処《ちゃどころ》「雪華紋《せっかもん》」は、鎌倉市山ノ内《やまのうち》に暖簾《のれん》を出す日本茶専門店だ。

前面の路も狭いが、店の入り口も狭く、暖簾は目立たない。しかし、古びた木製の引き戸を開いて一歩中に入ると、思いのほか奥行きがある。大きなガラス窓からは緑陰《りょくいん》越しの柔らかな陽光が差し込み、最も奥の席に座ることができたら、裏手にある禅寺《ぜんでら》の蓮池《はすいけ》も間近だ。

店内は、カウンター席が五席と、四人がけのテーブル席が四卓ほど。人気は店主自《みずか》らが点《た》てる抹茶《まっちゃ》と、日に限定二十個しか出さない季節の上生菓子《じょうなまがし》のセットである。

雪華紋の店主件菓子職人は、花菱眞白《はなびしましろ》、二十七歳。生家の花菱家は、鎌倉の若宮大路《わかみやおおじ》に本店を構える創業百五十年を超す老舗《しにせ》和菓子店「はなびし」で、求肥《ぎゅうひ》を挟んだ小判型の最中《もなか》が特に有名である。

眞白は二年前、二十五歳の時に独立し、同時に家も出て店の二階部分に居を構えた。

店で出す甘味《かんみ》は眞白がひとりで作っている。カウンター越しに見える本格的な茶の湯用のの設えで煎茶や玉露を淹れることはもちろん、抹茶も点てる。季節の上生菓子や伝統的な干菓子《ひがし》に加え、ほうじ茶パフェやクリームあんみつも人気がある。

「あの、すみません」

カウンター席の客のひとりが、眞白に声をかけてきた。ちょうど茶釜《ちゃがま》の火加減を見ていた眞白は、顔を上げて彼女に目を向ける。

「もしよかったら、一緒に写真を撮ってもらえませんか」

五十歳前後と思《おぼ》しき女性客は、ひとりで来ていて、抹茶と生菓子のセットを注文していた。菓子は梅の花をモチーフにしたもの。来店して半時ほど経《た》つが、食べるのがもったいないと言って写真ばかり撮っている。

「畏《かしこ》まりました」

眞白は手を止め、丁寧《ていねい》に応じた。

本当は写真など撮られたくはない。しかし何事も店のため。昨年、何冊かのガイドブックに紹介されてから、店は人気が出て繁盛《はんじょう》し、スマホで店内や菓子を撮るばかりではなく、眞白自身を撮りたがる客もめずらしくはなくなった。

にこりともせず真顔で見知らぬ女性とスマホの画面におさまって、再び黙々と仕事を再開する。接客は、唯一《ゆいいつ》の従業員である富士子《ふじこ》の担当だ。落ち着いた小紋柄《こもんがら》の着物姿で終始にこにこと笑う彼女は、今年で七十歳。散策に疲れて茶処でほっと一息つきたい客に大層評判が良い。

そんな富士子と違って眞白は愛想笑いのひとつも浮かべないが、それが逆にいいのだとSNSで書かれていたらしい。眞白はSNSの類《たぐい》を一切やらないので、そういう情報をくれるのは幼馴染《おさなな じ》みの亀岡桜士郎《かめおかおうしろう》、亀岡神社の跡取り坊っちゃんだ。

オーダーが入ってから、適温に保たれている茶釜から柄杓《ひしゃく》で湯を急須《きゅうす》に満たす。生菓子を載《の》せる皿は爽《さわ》やかな青海波《せいがいは》の紋様。甘みや渋みがちょうどいい煎茶は京都《きょうと》から取り寄せている銘茶《めいちゃ》で、梅の金彩《きんさい》が施《ほどこ》されている茶碗に注ぐ。それらを載せた栗《くり》の木のトレーを、カウンター越しに富士子に渡したその時、店内にがしゃん、と高い音が響いた。

「きゃ、ごめんなさい!」

小さく叫んで両手を上げるようにしているのは、一番奥の席の少女だった。母娘《おやこ》と思われるふたり連れのうち、十歳くらいの女の子の方が、茶碗を落として割ってしまったらしい。

「あらあら、お怪我《けが》はされてませんか」

すぐに富士子が手ぬぐいを手に駆け寄った。眞白もカウンターを回り込んで掃除道具を出してから行く。

見れば、あんみつが入っていた砥部焼《とべやき》の碗が、三つくらいに割れていた。

「すみません、手が滑ってしまったみたいで」

母親らしき女性が恐縮している。富士子はいいんですよ、と優しい笑みで客を安心させ、その間に眞白は塵取《ちりと》りに茶碗の欠片《かけら》を集め、モップでさっと床を掃き清めた。

「高そうなお碗をだめにしてしまって……弁償させてください」

母親はしきりに頭を下げ、娘は泣きそうな顔をしている。店で使う器《うつわ》はすべて、眞白が休日に陶器市《いち》などに出かけ、個人的に買い求めたものだ。一点物、割と高価な作家物も多い。それでも、

「だめになってませんよ」

と眞白は言った。常に真顔なので、こういう時は客に必要以上に罪悪感を与えてしまうかもと心配になり、腰をかがめ、少女と目線を合わせた。

「割れても、よほど粉々じゃない限り、また使えるようになります」

え、と母娘は顔を見合わせる。見せた方が早いので、眞白はいったんカウンター裏に回り、食器棚から別の茶碗を取り出し、席に戻った。

「わあ、綺麗」

娘の方が、目を大きく見張る。美濃焼《みのやき》の湯呑み茶碗は、白地に青海波が描かれていて、縁《ふち》の一部と斜め二箇所に入ったひび割れのところに、まばゆい金が施されていた。

「金継《きんつ》ぎというんです。割れる前より味わいが増して、素敵になります」

「お茶が漏《も》れたりしないんですか」

母親の方が心配そうに聞く。

「大丈夫です。腕のいい職人に直してもらっていますから。漆《うるし》を使って修復すれば、一滴の水も漏れません」

割れた器を修復してもらうには、場合によっては新品を買うより高くつくのだが、それは言わないでおく。形あるものはいつか壊れる、と眞白が敬愛してやまないある男は言った。いつか壊れるが、たいていのものは新たに生まれ変わり、人々の記憶ごと受け継がれてゆく、とも。

「あんみつ、新しくお作りしますね」

眞白が言うと、少女はようやく安堵《あんど》した顔になった。

客が割った器も、自分が割った器も、眞白は大切に使い続ける。それを直してくれる金継ぎ師が身近にいるから、できることなのだ。


北鎌倉駅を円覚寺側の東口改札から出て、線路沿いの道を大船《おおふな》駅方面にしばらく歩く。小さな地蔵と祠《ほこら》がある角を曲がると、舗装《ほそう》もされていない山道があり、その先に古びた鳥居と石段が現れる。

鳥居の左右に植えられた山桜が、白っぽい花を咲かせ、音もなく花びらを散らしている。肩に落ちてきた花弁を一枚手に取って眺め、眞白は階段を登り始める。

階段を登っている間は、あえて、自分の気持と向き合うことにしている。今、悩んでいることは、十年前に悩んでいたこととあまり変わらない。

十年前、すでに自分の存在が苦しかった。

早朝、澄んだ山の空気を吸って、吐きながら、石段を登る。やがて登りきって振り返れば、台峯《だいみね》緑地と呼ばれる低い山の連なりが、朝靄《あさもや》の中に広がっている。北鎌倉駅を発車したばかりの横須賀線《よこすかせん》下り電車、視界の端には六国見山《ろっこくけんざん》の緑の山々。息を整え、重なり合う木々の濃淡を一通り視界におさめ、眞白は再び歩きだす。

亀岡神社の境内《けいだい》を通るこの道は、地元の住人しか通らない。閑散《かんさん》とした境内の東側から、先程よりさらに細い小径に入る。すると、頭上で葉が揺れる音が響いた。眞白は、はっと一瞬体を固くして、ポケットの中に手を入れ、そこにあるものを探る。

しかし、音を立てた犯人が分かって、緊張を解いた。このあたりに棲《す》むリスだ。眞白と目が合うと、慌《あわ》てた様子で走り去った。

小さく息を吐いて、また歩きだす。足元は苔《こけ》むし、気をつけなければ滑って崖下へ真っ逆さまだ。しかし眞白は通い慣れている。早足でその道を抜け、とある民家の裏庭に直接足を踏み入れた。

裏庭にはちょっといい風情《ふぜい》の枝垂《しだ》れ桜があり、五分咲きといったところだ。裏庭に面した窓は全開で、磨き込まれた縁側に桜の花びらが散らばり、丸くなった猫の額《ひたい》にも何枚かくっついていた。

「やあやあ虎鉄《こてつ》」

太った茶トラ猫に挨拶《あいさつ》をして、眞白は家に上がり込む。縁側に面した座敷から、さらに奥へ。閉ざされた戸をさっと左右に開くと、正面にこの家の住人がいた。

知り合ってから十三年。はからずも、毎日のようにその人に会っている。

「眞白」

彼は言った。顔も上げず、つぶやくように。

「たまには玄関から来てくれ」

そこは北側の玄関からも続きの、広い土間になっている。中央に、どっしりとした大きな木製の作業テーブル。卓上には割れた茶碗や皿、ガラス瓶の他にたくさんの刷毛《はけ》や筆が並んでいる。テーブルの向こう側に座るその人は、静かな佇《たたず》まいの青年。毎日同じような無地のTシャツに、綿のパンツに、黒い作業用エプロン。うつむいたままだから、頬に少し長めの、癖《くせ》のない髪がかかっている。通った鼻梁《びりょう》と、薄くて形の良い唇は、彼の祖父譲りだ。

「裏庭経由《けいゆ》のほうが圧倒的に近いんだよね」

「崖の道は滑るよ。雨が降った時はやめておきな」

抑揚がないのに、優しい言い方。彼の名前は七堂夏樹《しちどうなつき》——眞白のかつての同級生であり、普段から懇意《こんい》にしている、金継ぎ師だ。

「大丈夫。体幹には自信がある」

眞白は弓道《きゅうどう》の錬士《れんし》だ。一方で、夏樹は運動のようなものは一切していない。しいて言えば趣味の散歩くらいだ。それなのに、適度に鍛えられた体をしている。作業中も腰骨を立てて姿勢正しく座っている。仕事柄、もしかしたら眞白以上に体幹が必要で、ひそかに筋トレなどしているのかもしれない。

夏樹の前には、大きめの和皿が置かれている。色は漆黒《しっこく》で、よく見ると大きなひび割れがある。夏樹は手にした小筆でひび割れに弁柄漆《べんがらうるし》を塗り、その上に金粉《きんぷん》を蒔《ま》いている最中だった。

「そこ閉めて。風が入る」

いけない。彼の仕事場に、風や空気の流れはご法度《はっと》だ。細かなホコリが、修復途中の器に付着しないように。

眞白は戸をそっと閉め、夏樹の斜向《はすむ》かいの丸椅子に静かに腰を下ろす。黙ったまま、彼の仕事を見る。大きな手、長い指が、繊細な作業を行っている。皿のひび割れに金粉を蒔き、真綿で余分な粉を落とし、艶《つや》を出す。その上にさらに、小筆で生漆《きうるし》を塗り、コーティングする。

裏庭の向こう、亀岡神社のあたりから鶯《うぐいす》が高く囀《さえず》る声のほかは、何も聞こえない。広い土間の壁側には修復中の器を並べた棚、その横には、湿度を一定に保つ特別な「室《むろ》」と呼ばれる箱もある。

眞白はここで、彼があらゆる器を直す様を見つめてきた。ここはかつて彼の祖父の仕事場であり、彼の祖父が作業するのも、こうして同じように黙って見つめてきた。

やがて彼が、手を止め、じっと目の前の皿を見つめる。黒い釉薬《ゆうやく》に、金の線が、まるでもともとそんな模様であったかのように馴染み、力強い雷にも似た文様を生んでいる。

夏樹が筆を置き、顔を上げて、ようやくこちらを見る。佇まいは静謐《せいひつ》なのに、瞳は真逆で強い、と眞白は目が合うたびに思う。切れ長のその瞳が、眞白を見つめ、かすかな笑みに細められる。

「眞白」

夏樹は言った。

「頭に花びらついてるよ」


この家でお茶を淹れるのは、夏樹でもなく、眞白でもない。今日も完璧に淹れられた煎茶が、程よいタイミングで縁側に出されている。眞白と夏樹は縁側に腰掛け、芳《かぐわ》しい茶を口に含んだ。白い皿には、紫の煉切《ねりきり》が載せられている。

「まだ悩んでんの」

　夏樹が聞いた。眞白はうん、と頷《うなず》く。

「考えれば考えるほどいいものが作れない。どれもピンとこないというか」

「今日のこれ、けっこういいんじゃない」

　紫の煉切は藤に見立てたもので、手のひらにちょこんと載るサイズの球体に、細かな花の文様を刻み、中央に金粉をあしらっている。

　眞白の店「雪華紋」で出す、五月の上生菓子の試作品だ。今日は藤、昨日は菖蒲《しょうぶ》、一昨日は兜《かぶと》をモチーフに作った。

「俺は藤がいいな」

　夏樹は煉切にそっと竹のフォークを入れて小さく切り、口に運ぶ。

「うーん。確かに、夏樹んちのこのお皿だと、藤が映《は》えるんだけどさ」

　和菓子が載っている皿は白山《はくさん》陶器のシンプルなもので、すべて金で修復されている。不思議なことに、修復された皿の方が味わいがあり、そこに載せられた和菓子がより華やかに見える。この皿のシリーズは先代の夏樹の祖父が修復したものだ。

「うちで普段使ってる焼き物のお皿たちだと、地味にならないかな」

　眞白が季節の煉切を載せるのによく使っているのは、萩焼《はぎやき》の五寸皿や、清水焼《きよみずやき》の角皿。土物《つちもの》の盛り皿で合いそうなものもあるが、二枚しかない。

「三島焼《みしまやき》の小皿だったら数があるよ。合うかも。週末までに探しとくよ」

「え、本当?」

「あ、でも、いくつかは継いだやつだけど」

眞白はふっと笑った。

「大丈夫。むしろ継いだお皿の方が素敵だって人もけっこういる」

割れた皿は金で継ぐと大体のものは素敵に生まれ変わる。しかし、そう思えるのは、それが偶然生じた「欠け」だからだ。仕組まれたものではない。意図せずに割れたり欠けたりした器を修復し、大切に使い続ける。丁寧に修復されたものは、世代を越えて受け継がれてゆく。そこに美を感じ、価値を見出《みいだ》すのは、日本人独特の感性かもしれない。

「しかし夏樹は恵まれてる」

「そう?」

「使いきれない器が家にごろごろ眠ってるなんて、贅沢《ぜいたく》すぎる」

「あげよっか?」

あっさりと言ってくるので、眞白は睨《にら》んでやった。

「そういうわけにはいかない」

「なんで? うちにあるのは廃棄予定だったのをおじいさんが引き取った器ばかりだよ。直しても使う人がいないともったいないし」

「それならいっそ買い取るよ。少しずつ、店の収納スペースとか、予算と相談しながら」

「慎重だな」

「自分だけの店じゃないから」

雪華紋がある民家の持ち主は、富士子だ。もともとあそこで、夫婦で蕎麦《そば》屋を営んでいた。夫亡き後は、店をたたみ、自身も大船の設備のいいマンションに移り住んだ。今、眞白は店と住居の賃貸料と、パートとしての給料を、富士子に支払っている。

富士子がいなかったら、二十代で店を出すことなどできなかった。彼女は眞白が所属する茶道教室の教授（講師）だった。茶事《ちゃじ》の時などに、眞白が自分で作った和菓子を提供したことが何度かあり、それで腕を見込まれた。

「あの辺、新規の競合店も多いのに客足は順調なんだろ」

「ＳＮＳとか、ガイドブックのおかげでね。観光客はリピーターになりにくいし、ひとつでも悪い口コミがついたら、あっという間に寂《さび》れそうで怖い」

「眞白は仕事が丁寧だから、そのうちリピーターも増える」

夏樹はそう言ってくれるが、眞白は力なく首を振る。

「自信持てないから、意見求めてんの」

「求めてない。どうせ自分で決める」

「……優柔不断だから、時間がかかる」

「ほんとな」

夏樹は笑って茶を口に含む。

竹を割ったような性格だとか、男より男っぽいとか、時々言われる。髪は長いけれどいつもひとつに括《くく》っているし、顔立ちはさっぱりとしているし、装《よそお》いもそうだ。中学から弓道と茶道を学び続け、普段、化粧はしない。それに昔から女の子同士で群れるのが苦手で、ひとりでいることのほうが多かった。

でも眞白は、本当はうじうじした性格なのだ。あらゆることに自信がないし、後ろ向きだし、小さなことで思い悩む。だからいつも、決断が遅い。

隣にいる青年は、そんな眞白の背中を押してくれるわけではない。確かに眞白は、彼に意見を求めてはいない。ただ、金継ぎの作業を見ていると、心が静まり、見えてくるものがあるような気がして、特に店で出す菓子に悩んだ時などは、ついつい日参してしまうのだ。

それにしても、今回は迷い始めてから時間がかかりすぎている。

眞白はふと顔を上げ、背後を振り返った。

茶の間に通じる和室の襖《ふすま》は、ぴったりと閉ざされている。眞白は小さな声で聞いた。

「今日、どこか具合悪いの？」

いや、と夏樹は首を振る。

「昨日、俺が留守の間に民生委員の人たちが来たみたいで」

「居留守使わなかったんだ」

「庭に勝手に回られて、畑の手入れしているところに声かけられたって。三人のおばさんに囲まれて、あれこれ質問攻めにあったらしい」

「それは可哀想」

眞白は声に怒りをにじませた。

「わたしがいたら、箒《ほうき》で追い払ってあげたのに」

夏樹は自分の膝《ひざ》に頬杖《ほおづえ》をつくようにして眞白を見た。

「優柔不断だけど、人のことになると行動力がある」

「いやそういう話じゃないでしょ」

「なんだかんだ言って優しいから」

これには、眞白は思い切り渋面《じゅうめん》を作った。

「わたしは優しくない」

「へえ」

「人の好き嫌い激しいし、嫌いな人にはものすごく冷淡になれる」

だから友達は極端に少ない。作り笑いが苦手で適当に話を合わせることもできない。

学校生活は退屈で苦痛なことが多かった。女子は、よくも悪くも横並びが大好きだ。友達と同じであることが、彼女たちにとっては重要で、何かにつけて単独行動が多かった眞白は、風変わりな子と思われていたはずだ。

特にいじめを受けたわけではないが、ほとんどのクラスメイトとは心理的な距離を感じていた。家のこともあり、幾度も消えてしまいたいと思ったが、そんな眞白を救ったのは夏樹の祖父、清彦《きよひこ》だった。

神社へ続く狭い石段を登りながら泣き、登りきったところで背後を振り返り、台峯緑地の絶景を視界におさめる。続く小径を駆け下り、この家の裏庭に出る頃には、眞白の心は平穏を取り戻していた。

ここには、ばらばらになったものを修復する力を持つ人がいる。昔も、今も。

夏樹の手によって生まれ変わる器を見ると、眞白の心のどこかで音がする。破片と破片がうまく合った時の音。的《まと》に向かって矢を射た瞬間から、的中《てきちゅう》するまでのごく短い間に感じる手応《てごた》え。長く悩んだある朝、起きた瞬間に、季節を五感で感じ、菓子のイメージが浮かんだ時。

もやもやとしたものが一瞬にして晴れる、あの感覚を知っているから、眞白は今もここにやってくるのだ。

「本当はなんかあった？」

夏樹が手の中の茶碗を軽くゆすって聞く。眞白は黙り込み、睨むようにして庭の枝垂れ桜を見やった。眞白は一般的なソメイヨシノより、山桜や、枝垂れ桜の方がうんと好きだ。

型にはまらず、自由で堂々とした佇まいがあるから。

「あのさ」

「うん」

「母が、わたしに見合いをさせたがっている」

言葉にしてみると、なかなか陳腐な悩みのような気もした。今の時代、別に無理やり結婚させられるわけではない。眞白は二十七歳の自立した大人で、家も出ているし、富士子のおかげで開店時にも借金は背負わなかった。贅沢はできないが、店の賃貸料と富士子のパート代を支払っても、ある程度生活できるくらいの稼《かせ》ぎはある。

それでも。

「相手は？」

「日本橋《にほんばし》の老舗茶屋の次男。三十二歳、慶應《けいおう》卒。趣味はテニスとクルージングだって」

「肩書はともかく、趣味がつまんないね」

「散歩が趣味の人に言われたくないと思うけど」

確かに、と夏樹は笑う。

「母は、そういう人が普通の結婚相手だって思い込んでいるんだよね。それで、わたしにも普通の結婚をしてほしいって」

眞白には、十七歳差の姉と、十二歳差の兄がいる。どちらもかなり歳上だ。兄の和希《かずき》は

「はなびし」の跡取り息子としてある意味順風満帆な人生を歩んでいるが、姉の葵は、そうではない。両親は、葵《あおい》がかつて人生の選択を間違えたと考えていて、次女の眞白は葵と同じ轍《てつ》を踏まないようにと願っている。

「でも、断ったんだろ？」

「……まだだけど」

「ああ、会うだけ会ってみる気になったとか？」

「まさか。相手がどんな人であれ、今は、結婚なんて考えられない」

「それなのに悩むってことは、未練があるわけじゃなくて、親への気兼ね？」

眞白は、ぎろりと横目で夏樹を睨んだ。

「あんた嫌い」

「俺は眞白が好き」

夏樹はさらりと言ってのける。もちろん、この場合の好きは男女の好きではない。

「優柔不断なところも、優しいところも、家族に気を遣《つか》いすぎるところも」

眞白は膝を引き寄せて顎《あご》を乗せた。

「……家族って、一番厄介な人間関係だよね」

「そうかもね。俺も家族は得意じゃない」

夏樹が寝そべって、虎鉄にそっと手を伸ばした。とたんにしゃーっと牙をむかれる。

「動物も得意じゃないじゃん」

虎鉄は眞白のところに逃げ込んできた。夏樹はそれを少しだけ恨めしそうに見る。彼は猫が大好きなのに、決して好かれない。

「そういう眞白は何に嫌われてんだっけ？」

「カラスだよ」

眞白はむすっとした声で答え、上着のポケットに手を入れると、ひとつかみの小豆《あずき》を取り出してみせた。

「何それ」

「あいつとまた出くわしたら、これで撃退しようかと思って」

「いや真面目《まじめ》に？」

「うん」

眞白は、亀岡神社を根城にしている大きなカラスに嫌われている。なぜだか分からないが、去年の秋くらいから、遭遇するたびに頭上から威嚇《いかく》される。

「カラスって執念深いからさ。ひとたび敵認定されちゃうと、もうお終《しま》いなんだって、富士子さんが言ってた」

「だからって小豆投げつけるとか、発想がおかしいわ」

夏樹はくぐもった声で本当におかしそうに笑っている。

「……あの鋭い嘴《くちばし》で突《つつ》かれそうになってみればいい。そんでもって、黒いビー玉みたいな目で睨まれてみればいい。そうしたらわたしの気持ちが分かる」

「神社通らずに、表玄関から来ればいいだろ」

「カラスごときに、お気に入りルートは譲らない」

眞白は宣言するように言い放ち、縁側から降りて、靴を履《は》いた。

「帰る？」

「うん。また近々くるよ」

首を伸ばすようにして、夏樹の後ろ、閉ざされたままの襖に向かって声をかける。

「玄《げん》ちゃん、お茶ごちそうさま」

それから庭に向かって歩きだすと、後ろから夏樹が、

「カラスいじめんなよー」

と言ってきた。眞白は返事をする代わりに、ただ小豆が入ったポケットをぱんぱん、と叩いた。

「七福堂《しちふくどう》」は北鎌倉の山間《やまあい》の住宅地にある、古びた家屋で営まれている。器の修繕をおもな生業《なりわい》とし、夏樹の祖父、七堂清彦が長いあいだここで依頼を請《う》け負《お》っていた。

眞白がやってきたのは裏庭からだが、表玄関には車寄せもあり、地味ながら木製の看板

もかかっている。しかし基本、知っている人しかやってこないので、普段、表玄関の方も人気《ひとけ》はほとんどない。

「僕は昔の北鎌倉が好きでした」

縁側に座り、虎鉄を膝に抱いた玄は、ぽつりとつぶやいた。夏樹は座敷で寝転がり、スマホ画面を眺めていたが、そのままの姿勢で聞いた。

「なんで？」

「鎌倉駅の方は昔から観光客に人気でした。しかし、北鎌倉まで足を伸ばす人は少なかったです。円覚寺や、明月院《めいげついん》目当ての人も、鎌倉からのルートの途中で立ち寄るくらいでした。それが今や、駅前の狭いスペースにも人がたくさんいます」

「そこまででもないと思うけど」

「いいえ。このあたりでさえ、いい感じの路地裏を求めてうろつく観光客がおりましてね。うっかり散歩にでも出ようもんなら、道を尋《たず》ねられたりするのです」

「散歩に出なきゃいい」

「ずっと引きこもっていろと？」

「なんか問題ある？」

玄は夏樹を見て、むう、と眉根を寄せた。

癖《くせ》の強い髪は長め、丸い顔に丸メガネ。年齢は四十歳。彼、七堂玄は、夏樹の叔父《おじ》である。彼はもうかれこれ十年も、この家からほとんど外に出ない生活をしている。

玄はこの家で生まれ育った。夏樹がここに越してきた中学生の頃は、会社に勤めていて、横浜《よこはま》まで通勤していた。確実に、その頃より人見知りがひどくなっている。話し方が独特で甥《おい》に対するものとは思えないが、話してくれるだけマシである。何しろほとんどの人間は彼の肉声を聞くことすらできない。

玄が心を許せるのは、祖父亡き今では、甥である夏樹と、眞白、桜士郎、それから猫くらいのものだ。

「甥に嫌われないか心配です」

と、玄は言いだした。また始まった、と思うが、丁寧に言葉を返す。

「俺が玄ちゃんを嫌いになるはずがない」

「でもさっき、僕は聞いたのです。君は、家族が面倒だと言った」

隠れていても、聞き耳は立てている。夏樹は内心で慌てた。

「違う。それは父さんや母さんの話」

夏樹の両親は健在で、都内に住んでいる。めったに会わない。年に一度か二度、会えば、母の沙都《さと》は一瞬だけバツが悪そうな顔をして、次にくどくどと息子の性格そのものを責める。父の光《ひかる》は何か人生の教訓めいた話をしてくるのだが、夏樹の耳を素通りしていく。手応えのない息子に父は失望し、母は己《おのれ》の罪悪感を息子自身の「欠け」に注視することでごまかし、自分自身を無理やり正当化しようとしているようだ。

「俺にとって玄ちゃんはさ、単なる家族というより、兄でも弟でもあるし、親友でもあるわけだから」

玄は少し嬉しそうな顔をした。

「それは本当でしょうか？」

「うん」

「実は三キロほど太りまして。眞白ちゃんの菓子が美味《うま》すぎるのですね」

和菓子はそんなに太らないはずだ。玄が太ったのは運動量が落ちているせいだろう。それでも夏樹は「へえ」と軽く受け流す。

「お気に入りのシャツの前ボタンがいつの間にかきつくなっていてですね」

玄が好んで着ているのは、地元鎌倉のシャツメーカーのものだ。おそらく十着以上は持っていて、家から一歩も出ない日でも、庭作業をする時でも、きちんとアイロンを当てたものを着ている。

しかし、太ったらシャツを作り直しに行かなければならないだろう。今の玄に、それはハードルが高すぎる。夏樹はちらりと玄の腹のあたりを見た。あまり前と変わらない気がする。

「まさかそれでさっき出てこなかったの？」

眞白は数少ない、玄が顔を見て話せる相手なのにおかしいと思った。おせっかいな民生委員のおばさんのせいで、ダメージを受けたせいじゃなかったのか。

「眞白ちゃんには、少しでも好印象を与えたいのです。痩《や》せてから会うことに」

「しょうもな」

「なんと言いましたか？」

「……いや、今日の夕飯何かなあって」

「今日はカニクリームコロッケですよ」

「おお」

「でも、ダイエットにはあまりよろしくないですね。やっぱりメニュー変更した方が……」

「いや大丈夫。食べる量だけ気をつければいいんじゃない」

叔父のカニクリームコロッケは絶品だ。玄は引きこもりで、見栄《みえ》っ張りの無職だが、料理の腕はすばらしいのだ。料理に使う野菜は彼が家庭菜園で丹精したものが多く、そのほかは宅配サービスを利用したり、夏樹が買い出しをし、極力人と接しないですむようになっている。

玄は料理のほかにも洗濯や掃除をこなし、夏樹はこの叔父がいるおかげで、ずいぶんと生活水準が高くいられる。

夏樹がここに住むようになったのは、十四歳の春。実の母親の食事より、玄の作る食事が、すでに家庭の味になっているといっても過言ではない。

「甥に嫌われたら僕はお終いです」

と、今日もまた玄は大げさなことを言う。夏樹は立つと、縁側で背中を丸める叔父に近づいた。とたんに虎鉄が逃げてゆく。夏樹は本当に猫に嫌われている。

「世界で一番玄ちゃんが好きだけどな」

かつてはスーツをぱりっと着こなし、清潔感に溢《あふ》れていた叔父は、現在、見る影もない。しかしなぜか、今のほうがずっといいと夏樹は感じている。

十代のほとんどを出口の見えないトンネルの中で過ごした夏樹だったが、二十七歳の今、大切にしていることがある。それは、大切な相手には愛情表現を惜しまないことだ。器は壊れても修復し、次代に残すことができるが、人は死んだら気持ちは伝えられないのだ。お互いに。

それは八年前、祖父が死んだ時に嫌というほど実感した。

だから素直に愛を伝えているのに、叔父はまだ疑り深そうに夏樹を見ている。

「夏樹くん。正直に言ってください。君は、そのう……こ、こい、こい……」

「鯉？」

「……恋人が、できたのでは」

まったく予想外の疑惑に、夏樹は心の底から驚いた。

「なぜ？」

「さっきからスマホを手放しませんし。なんだかうきうきしてるような」

夏樹はふにゃりと笑った。やれやれ。

「これ見てたんだよ。ほら」

と差し出したスマホの画面は、ペット用品専門店のページで、キャットタワーで猫が二匹くつろいでいる。

「虎鉄にどうかと思って」

「またですか」

はあ、と玄は急に年長者ぶった表情を浮かべた。

「虎鉄は庭の桜の木の方が好きです」

「だよねえ。じゃあいらないかな」

「忘れたのですか。通販で、高い猫ちぐらを買いましたね、虎鉄はそのへんの段ボール箱の方が好きですね」

「あれ高かったのにな」

今では台所で玉ねぎやじゃが芋《いも》の一時保管場所になっている。

「まあとにかく恋人はいない」

玄はちらりと横目で夏樹を見た。

「……でも夏樹くん、もし、誰かと結婚したら、僕のことがさらに疎《うと》ましくなってしまうのでは」

「超絶イケメンの叔父も一緒に暮らすけどいい？　って相手に了解を得る」

「ほ、本当ですね？」

「本当」

恋愛という言葉は、自分からものすごく遠い場所に存在しているように感じる。少なくとも今の夏樹は、祖父が残したこの家で、祖父が残した仕事をこなすだけで生活が終始している。

「ちょっと工房に戻る」

「コロッケを揚げ始めるのは六時と決まっています」

「うん分かった。五時半までにはやめて手伝うよ」

夏樹は茶の間の方から戸を開けて工房に戻った。棚に並んでいるのは修復途中の器たちで、中には一年も預かっている皿がある。割れが複雑で面積も大きく、室《むろ》の中でじっくりと漆を固めては塗り、また室にしまうという作業を繰り返して、ようやく金を蒔くところにまで至った。

依頼される器はほとんどが金や銀で継いでいるが、時には、割れや欠けが極力目立たないように修復してほしい、と言われることもある。

今預かっている器の中に、北陸《ほくりく》の旧家から頼まれた急須がある。その急須は作家物の常滑焼《とこなめやき》で、銘も入っている。代々受け継がれ、まさに家宝と言ってもいいものであったのに、今の当主の嫁にあたる女性が、うっかり割ってしまったのだ。急須は、胴、手、口からなるが、手の部分と、蓋《ふた》のつまみの部分が破損してしまった。女性は、バレたら夫や姑《しゅうとめ》のみならず、親族一同からも責め立てられる、と泣いて電話をしてきた。

そのため夏樹は、この急須を金ではなく、錆漆《さびうるし》と黒漆で継ぎ、ぱっと見ただけでは割れたことが分からないように修復した。あと一週間もすれば依頼主の女性に返すことができるだろう。

割れたものを、それなりの金銭を払って修復しようという人たちには、それぞれ事情がある。祖父の清彦は器を修復する際、可能な範囲でその器の背景を調べ、修復に生かすようにしていた。器の持ち主の抱《かか》える事情だけではなく、器そのものが作られた時代、素材、どういったところで使われてきたか。それらを調べた上で、できるだけ自然素材のみを用いて、修復するのが理想だ。器は自然から生まれ、たとえ修復を繰り返し長い時を歩んだとしても、やがて土に還《かえ》る日が来るだろうという考えのもとである。

たとえば器の欠けが大きい場合、最近では食品安全上問題のないパテがあるので、それを充填《じゅうてん》し欠けを埋めることが多い。しかし適した木片が入手できる時は、夏樹は木片を欠

け の形に削り、パテの代わりに使う。特に骨董《こっとう》の場合は、漆と木片で継いだ方がしっくりとくるものだ。ただし、使う木片はその器が作られた時代に伐採《ばっさい》されたものがふさわしく、たとえば江戸《えど》時代末に作られた陶磁器だと百五十年を経《へ》た木片を使うのが望ましい。

もちろん、依頼されるのは、そういった骨董として価値のある器ばかりではない。どんなにささやかな依頼でも、たとえ価格的には安い量産された茶碗であったとしても、夏樹は清彦の教え通り、その器や依頼主その人と向き合う。ものに価値を与えるのは値段ではなく、使う人本人だからだ。

夏樹は工房の奥の棚から、桐《きり》の箱を取り出した。麻ひもで厳重に封がしてある箱の中身は、茶碗である。漆黒の筒茶碗《つつぢゃわん》で、銘は入っていない。見事に三つに割れていて、修復されていないその器は、祖父清彦がずっと放置していたものだ。

祖父は何でも直す男だった。神社の建具、鳥居から神輿《みこし》まで、漆を使って修復した。こんな小さな茶碗など朝飯前に直せたはずだ。それがなぜ、直すこともせず、時折出して眺めるだけだったのか、夏樹はとうとう聞くことができなかった。

それでも夏樹は、祖父と同じようにこの茶碗を時折眺めた。金継ぎ師の性分《しょうぶん》として、割れたものを見るとどうやって直すか、どこにどう金を継ぐか、完成形を想像し、すぐに着手したくなってしまう。しかしこの器は沈黙しているので、イメージができない。

(世の中には、直さなくていいものもある)

清彦は、生前、そう言っていた。夏樹は意味が分からなかった。茶碗は茶碗だ。直さないでいいのなら、なぜいつまでも持っているのか。器は使ってこそではないのか。今でもそう思っている。

この割れた器の背景を知りたくても、祖父はもうおらず、話を聞くことができない。ただこうして時折出しては、眺めるだけ。

夏樹は、茶碗をもとの箱に丁寧にしまった。

数日後、眞白は店を閉めた後、いつものルートを通って七福堂へ向かっていた。斜めがけした鞄の中には、今日も「五月の試作品」が入っている。石段を登りきり、台峯緑地の山々を視界におさめ、振り向いた。視線を感じ、はっと息を呑む。あたりを見回すと、石畳の小径沿いの大きな銀杏《いちょう》の木の枝に、あいつがいた。

「……出たな」

相手も大きな羽を広げ、嗄《しゃが》れた声をあげる。その鋭い目も嘴も、明らかに眞白を狙っている。

瞬時に、上着のポケットに手を入れ、小豆をつかみだす。カラスが枝を蹴り、飛び上がった。眞白は小豆を投げつけるべく、大きく腕を引く。その時、

「やめろ、ましまし！」

怒鳴り声が聞こえ、そちらに気を取られた。カラスは眞白に接近し、大きな羽が頭をかすめて後方に飛んでいった。眞白の拳から小豆がこぼれて、地面に無意味に散らばる。頭を抱え、身を低くした眞白の視界に、黒いカラスの羽根と小豆、白足袋《しろたび》に草履《ぞうり》を履いた足が映った。

「……桜士郎《おうしろう》」

低い声で名を呼ぶ。顔を見なくても、眞白のことを「ましまし」などと呼ぶ男はひとりしかいない。

「大丈夫か」

「大丈夫じゃない。なんで止めたの」

眞白は顔を上げ、相手を睨みつける。彼、亀岡桜士郎は、真顔で答えた。

「あれ、うちの死んだばあちゃんだから」

「はい？」

金髪にピアス、日に焼けた肌、白い胴着《どうぎ》に袴《はかま》の禰宜《ねぎ》姿。ふざけた容姿でふざけたことを言っているが、彼本人は大真面目なのだと眞白は知っている。

「あのカラスが？　あんたのおばあちゃん？」

「そうだ」

桜士郎は神妙な顔で頷く。

「……なんでそうなった」

彼の祖母は、もう何年も昔に亡くなっている。

「去年の秋のことだ。俺、明け方にばあちゃんの夢見てよ。夢ん中ですんげー説教されて、恐ろしすぎて飛び起きたら、屋根の上でカラスの鳴き声がしたんだ。そんで外に飛び出してみたら、庭のサルスベリの枝にいて」

眞白はすん、とはなをすすった。桜士郎は小学校の時からの幼馴染みだ。彼のこの手の話は決して作り話でも妄想でもなく、彼本人にとってみたら、真実なのだ。ただ、一切の霊感がない眞白には確かめようがないだけで。

「確かにわたし、あんたのおばあちゃんに嫌われてたけど」

「おまえ、愛想なしだったから。ばあちゃんは、女は愛嬌《あいきょう》だといつも言っていた」

眞白は背後の枝に移ったカラスを見やる。言われてみれば、あの目つきは桜士郎の亡くなった祖母、亀岡蘭子《らんこ》にそっくりだ。ただ、桜士郎は勘違いしている。蘭子が眞白を嫌っていたのは、眞白が愛想なしの子供だったからではない。出自のせいだ。

「俺に免じてカラスを、いや、ばあちゃんを許してやってくれ！」

と、桜士郎は頭を下げる。

「まあ、いいけど……」

あれが桜士郎の言う通り亀岡蘭子の化身《けしん》なのだとしたら、今後も嫌がらせは続くだろう。

何しろ眞白は、本当に蘭子に嫌われていた。深く嘆息し、鞄をしっかりと抱えるようにする。

「夏樹んとこ行くんだな」

「そう」

「ちょっと待って。そこまで俺も行くぜ」

桜士郎はささっと手にしていた箒で小豆を掃き、塵取りで回収する。その間に、カラスは姿を消した。

「崖道通らねーの？」

背後に追いついた桜士郎に聞かれる。

「いや、今日は表玄関から回ることにする」

いくら体幹に自信があっても、カラスにやられて動揺した後だ。転んで生菓子の試作品が潰《つぶ》れてしまっては困る。桜士郎はふーん、とつぶやいて隣に並んだ。

「ましましさー、ちゃんと飯食ってる？」

眞白は驚いて桜士郎を見上げた。夏樹も桜士郎も、身長は一八〇センチを軽く超す。

「食べてるよ。今日もお昼カツ丼だったし」

店が開店すると昼休憩は取れないので、その前にしっかりめに食べることにしている。

「なんで？」

「なんか、腹に力が入ってないような顔してる」

「ええ？」

「あと、気の色が淀《よど》んでる」

「……人の気の色なんか見ないでよね」

昔から桜士郎はこんな感じだった。霊を見たり、声を聞いたり、人が内側から発している気の色とやらが見えたりする。

中でも印象深い出来事は、小学校六年生の時に起きた。クラス担任の女の先生に、ある日、桜士郎が唐突に言った。

『せんせい、お腹《なか》に赤ちゃんいるよ』

担任は青ざめ、びっくりした様子だった。翌週、本当に妊娠していることが分かった。後から知ったのだが、その女教師は長い間子宝に恵まれず、不妊治療をしていた。その治療も前年にやめ、子供は諦《あきら》めていたのだという。

そのほかにも桜士郎は、理科室の隅に霊がいると言ったり、同級生の家に近々不幸が起こることなどを言い当てた。それで周囲の子どもたちから気持ち悪がられて、距離を置かれていた。虐《いじ》めると祟《たた》られるという噂があって、嫌がらせをされることは少なかったようだが、とにかくいつもひとりでいた。中学三年生の初め頃に、夏樹が転校してくるまでは。

眞白は正直、桜士郎に興味や関心はなく、お互いひとりを好む者という認識しかなかった。神社の跡取り息子で、弓道場にも来ていたが、いつまで経っても下手《へた》くそな子だった。

そうだ、と眞白は思い出す。初めてたくさん話したのは、やっぱり神社の境内だった。

桜士郎に呼び止められて、聞かれたのだ。

『花菱さん、お腹の具合でも悪いの？』

中学三年の夏だった。あの時も眞白は、なんで？　と聞き返した。どこも具合は悪くはなかった。

あの時、桜士郎はなんと言った？　ああ、そうだ。

『トイレ我慢してるみたいな顔してる』

何こいつ、と思いながら眞白は生真面目《きまじめ》に答えたのだ。

『いやトイレは我慢していない。快眠快便、毎朝スッキリだからご心配なく』

桜士郎はちょっとだけ面食らった顔をして、それから、じっと眞白を見た。

『男子がよく、噂してる。花菱さんは、学校一可愛いって』

『あーそう』

どうせその後に続くのだ。可愛いかもしれないけど、って。知ってる？　あいつって、実は……。

『俺は、そうは思わない』

唐突ともいえる口調で、桜士郎は断言した。眞白は少し驚いて桜士郎を見つめ返した。

すると。

『花菱さんは、可愛いんじゃなくて、綺麗』

さらに驚いて思わず口をぽかんと開けた。綺麗なお嬢さんね、と親の知り合いにお世辞を言われたことはあったが、同級生に面と向かって言われたことはなかった。硬直した眞白に、桜士郎は、にかっと笑ったのだ。

『あ、顔じゃなくて、気の色が、綺麗』

少々大げさな物言いをすれば、あの時、眞白は岐路に立っていたと思う。おかしなことを言いだす同級生を、面倒くさい、気持ち悪いと言って、相手にしないで無視するか……受け入れるか。結局、受け入れたから、現在も友人なのだが、それはあの時、彼が続けてこう言ったからだ。

『トイレっていうのは間違ってた。そうじゃなくて、うーんと……なんか、叫びたいことがあるのにずっと我慢してお腹の底に溜め込んでいる感じがする』

余計なお世話だと、その時は思った。でも、それ以降、会えば彼の話に耳を傾けるようになっていった。

今では、彼の話が真実かどうかなんて、重要ではなくなっている。桜士郎にとってはそうなんだな、と思うだけだ。さすがに攻撃的なカラスが亡くなった祖母の化身というのは、ちょっとどうかと思うが、絶対に違うとも言いきれない。

それにしても、綺麗だったはずの気の色が淀んでいるとは。眞白は内心で焦《あせ》った。

「なんかさあ、最近、感じる力が弱くなっている気がするんだよね」

ああ、と桜士郎は歩きながら相槌《あいづち》を打つ。

「それってあれだろ。ましましの場合は、俺みたいに霊感がどうのじゃなくて、日常の事象に対する自分の感じ方みたいなことだろ」

「そうそのとおり」

顕著《けんちょ》なのが、菓子作りだ。この鎌倉で、素晴らしい四季の移ろいを色や匂いで感じて、そのまま小さな菓子に写し取りたい。それなのに、最近では、いざ作ってみると何かが違っていて、結局五月の菓子は決めきれていない。

「店が、思ったよりも早く軌道に乗ったといっても、あんたから聞いたSNSの口コミのおかげであって、実力が伴っていない気がする」

つまりプレッシャーもある。作れば作るほど、お茶を点てれば点てるほど、今ひとつ何かが足りていないような気がする。

「違うなー。気の色が淀んでいるのも、感じる力が弱まっているのも、能力とは関係ないぜ」

「そうかな」

「ましましがやってるのは客商売だから。毎日たくさんやってくるお客さんに、少しはお愛想しなくちゃならなくて、でもそうすると、我慢も増えてよ。たとえば、ましまし、最近誰かに強く怒ったりした？」

眞白は考え込む。

「……さっき、カラスに？」

「人間にだよ」

「あんたのおばあちゃんなんでしょ」

「それはいったん忘れて。周りの人間に」

眞白は首を振った。

「怒るなんて、しない」

「泣いたり、叫んだりは？」

顔をしかめる。

「泣くこともないでしょ。叫ぶことも。もういい大人なんだから」

「それだ」

桜士郎はぱちんと指を鳴らした。

「大人こそ、時には泣いたり叫んだり、ちゃんと怒ったりが必要なんだ。ましましは、それをやらなさすぎる」

「桜士郎は、やってんの」

「しょっちゅうな。海でいい波が来たら猛獣のように叫び、女の子に振られたら三日三晩泣き暮らす」

　そういえば、桜士郎は昔とずいぶん変わった。いつもひとりぼっちだったのに、高校生くらいから急に友人が増えた。友人だけではなく、途切れなく彼女もいる。

　この男は、とかく惚《ほ》れっぽいのだ。ほとんどが海で知り合った女の子らしいが、最初は神社の跡取りということで興味を持たれても、彼の〝能力〟を知られるとそこで関係が終わってしまう、ということが繰り返された。でも今は、詩織《しおり》さんという色っぽい美人と二カ月くらい続いているはずだ。

　そんな、ある意味恋愛経験豊富な桜士郎は、今、大真面目な顔で眞白にアドバイスする。

「ましましは、日々を淡々と生きすぎる。決まりきったことしかしないし、喜怒哀楽も大人の分別で抑えすぎるし。そうすると、感じる力も弱くなる」

「なるほどねえ」

　思い当たることばかりで、妙に眞白は納得する。しかし、今さらどうやって感情を爆発させて良いかもわからない。

「ＤＶＤとか貸そうか？　泣ける恋愛ドラマとか映画、いいのがあるぜ」

「お笑いの方がいい」

「泣けないじゃんかよ」

「笑いすぎて泣くってこともあるよ」

「俺はない。泣く時は泣き、笑う時は笑うことに集中する」

「あんたはそうでしょうよ」

そんな話をしているうちに、神社の正面入り口にあたる大きな鳥居がある場所まで来た。

「じゃあな。夏樹に、俺が頼んでるやつ、そろそろだよなって確認しといてくれ」

「何頼んでるの」

「エヴァンゲリオン初号機ＤＸ」

「なに?」

それがプラモデルのことだと気づくのに数秒を要した。

こいつは本当に同じ歳だろうか。

「今一緒に行って聞けば?」

桜士郎は身をすくめるようにして、ぷるぷると首を左右に振った。

「……ばあちゃんが見てるから。今は掃除に集中しねーとな」

タイミングよく、木立の方からカラスがカーと鳴いた。

相手が古い知り合いでも、小学生でも、値引きなど一切しないのが、七堂夏樹だ。

眞白が七福堂を訪れると、工房に十歳くらいの男の子がいた。作業テーブルには風呂敷が広げられていて、そこに、割れた大きめの陶器の欠片が置かれている。

「で、どう？　直せる？　無理？」

少年に答えをせっつかれても、夏樹は破片をひとつひとつ丁寧に調べている。やがて、短く答えた。

「直せるよ」

「いくら？」

少年は慌てた様子で、ポケットから財布を取り出す。スポーツブランドのナイロン財布のジップを開いて、千円札を一枚、取り出した。

「千円で足りる？　千五百円しかないから、それ以上はまけてくんない？」

夏樹はこれを聞き、横に首を振る。

「その十倍」

「は？」

「ざっと見積もって一万三千円。そもそも花瓶も大きいし、破損箇所も細かく見れば多いから、それなりにかかる」

「嘘だろ？　俺、小学生なのに」

「年齢は関係ない」

「これ、じいちゃんので！」

彼の祖父が大事にしていた床の間《とこのま》の花瓶を、雨の日に家の中でサッカーのリフティングの練習をしていた少年が、ボールをぶつけて割ってしまったらしい。

「今じいちゃん旅行に行ってて！　来週帰ってくる。それまでに直しときたい」

どちらにせよ、その計画は無理だろう。間に合わない。

「まず、謝ってみれば？」

夏樹はもっともな提案する。

「おじいさんに正直に謝って、花瓶を直す代金は自分で払う。分割でもいいから」

少年は明らかにがっかりした顔をした。どうやら値引きができそうにないからだろう。気の毒だが、千五百円はさすがに難しい。夏樹は割といい漆を使っているし、そこに金を蒔くなら相応の値段はする。

「君のおじいさん、怖いの？」

「ううん。優しい、けど」

「じゃあ、許してくれるよ」

「……ちょっと考える」

「分かった」

夏樹は割れた破片を丁寧に新聞紙にくるみ直し、さらに風呂敷に包み、少年に渡した。すごすごと戸口から出てゆく傷ついた様子の子供の背中を見送って、眞白はつぶやく。

「ぶれないな、七堂夏樹」

「玄関からとはめずらしいね、眞白」

「まあ、たまには」

眞白は鞄から小さな重箱を取り出した。

「今日も遅めのお茶に付き合ってくれる?」

「もちろん。でもちょっとだけ待って」

夏樹は座ったまま、作業の続きに入った。今日は割れた陶器ではなく、色鉛筆を持ち、紙に何かの模様を描いている。左手前には、鮮やかな紋様の大鉢《おおはち》が置かれていた。

眞白は小さく息を呑んだ。あれはたぶん、古伊万里《こいまり》だ。古伊万里は江戸時代中期から後期に、おもに有田《ありた》で焼成《しょうせい》されたもので、ずいぶんと値が張る。よく見ると、割れているところがマスキングテープでくっつけてある状態だが、そのほかにも大きく欠けてしまっている部分があるようだ。

金継ぎの種類はたくさんあって、単にヒビや小さな欠けの部分を漆と金で埋める手法もあれば、欠けが大きい時は別の陶器の破片を継いだり、木片を用いたり、そこにあえて絵柄を足す場合もある。

夏樹がデッサンしているのは、どうやらあの古伊万里に新しく加える絵柄であるようだ。集中しているのを邪魔しないように、ただ静かに、息をひそめるようにして、彼の作業を見つめる。

金継ぎは古くは室町《むろまち》時代から始まり、茶の湯の文化とともに発展してきた。茶道に携《たずさ》わる身としても、割れたもの、不完全なものを大切にする伝統を、眞白は改めて素晴らしいと思う。

室内が暗くなった。結局三十分くらい経っただろうか。眞白がそっと立ち上がり、明かりを点けようとしたところで、

「もう終わりにするよ」

と夏樹が言い、肩をもみほぐすようにしながら立ち上がった。

「古伊万里だね」

眞白は近くまで行き、改めて修復途中の器を見た。

「こんな高そうな骨董も直しちゃうんだ」

「眞白、物欲しそうな目になってる」

「欲しいもん。まあ無理だけど」

だから眺めるだけ。眞白が七福堂を好きな理由は、金継ぎの作業を見ていると、心が整う気がするからだけではない。時折こうして、すばらしい陶磁器を間近に見る機会に恵まれるからだ。中には骨董としての価値が高く、美術館に展示されていてもおかしくなさそうなものもある。

「そうだ、桜士郎から伝言。前に預けたやつがそろそろじゃないかって」

「あー、できてるできてる」

夏樹は背後の棚まで行き、奥からプラモデルの人形を取り出した。

「さすがに金は使わないんだ」

「錆漆を使っただけ。破損が目立たないようにね。ついでに色が剝《は》げたところは、ラッカーで仕上げた」

「嬉しそうだね、夏樹」

「俺もけっこう楽しい作業だった」

「どこがいいのかさっぱりわからないけど、桜士郎にとっちゃ、お金かけて直すくらい大事だってことか」

「ロマンだよ。眞白が湯呑み茶碗の収集にお金と時間かけるのと一緒」

「えー……なんか、全然違うと言いたい」

「これさ、昔、亀岡のおばあさんに没収されて、目の前で壊されたんだって」

ここでも蘭子か。脳裏にけたたましいカラスの声が響いて、眞白は顔をしかめた。

「中学生にもなってアニメなんか見るな、人形遊びなんかするなって。亀岡のおばあさん、桜士郎を大事な跡取りだって言って、けっこう厳しめの教育してただろ」

そういえばそうだった。桜士郎の霊感が強いのは、彼が土地神に選ばれた者であるとかなんとか言って、放課後は遊ぶことを許さず、神社の手伝いをさせていた。弓道も、神事の一環として流鏑馬《やぶさめ》をやらせたくて道場に通わせていたのだ。

「誰かが、桜士郎が滝行《たきぎょう》させられていたのを見たって言ってた」

夏樹は笑う。

「いったいどこの滝だよ」

まあそれは嘘だとして、桜士郎が蘭子に頭が上がらなかったのは確かだ。

蘭子が亡くなったのは、確か、眞白たちが高校二年生の時だ。葬儀が終わって登校した桜士郎は、金髪になっていた。弓道も辞《や》めてしまい、代わりにサーフボードを抱えて由比《ゆい》ケ浜《がはま》や材木座《ざいもくざ》海岸あたりをうろつくようになった。そういえば、友人が増えたのはその頃からだった気がする。

「蔵の整理をしていたらおばあさんの遺品が入った箱が出てきて、その中にこのプラモも入ってたんだってさ」

「ふうん。そうなのか」

桜士郎の部屋には、似たような人形がたくさん並べられている。壁には、アニメの声優の等身大ポスターが貼られ、本棚はコミック本や雑誌で埋め尽くされている。まるで幼い頃許されなかったものを、今一生懸命収集し、穴埋めするかのように。

子供時代の不満をこじらせているのは、眞白も同じだ。じゃあ、夏樹はどうなんだろう？

眞白はちらりとその端整な横顔を見た。夏樹は中学三年生の初めの頃、都内から転校してきた。両親とは、それ以来別々に暮らしている。

あえて詳しい経緯《いきさつ》を聞いたことはない。ただ、おそらく実の両親とは折り合いが悪いのだろうな、と推察できる。そうでなければ十四歳で親元を離れ、祖父や叔父と暮らし始めるわけがない。

夏樹は北鎌倉のこの家から中学、高校と通い、大学は都内だったのに実家には戻らず、やはりここから通っていた。在学中に祖父の清彦が亡くなると、大学は中退し、祖父の仕事を継いだ。

そういえば、と眞白は考える。清彦が素晴らしすぎて夏樹のことはずっと見習い程度のように思っていたのに、いつの間にか、祖父の跡取りとしてふさわしい技術を身につけている。あのすばらしい古伊万里を修復できるまでに。

眞白はさらに棚に目を走らせた。一番上段と二段目には、修復済みらしき器たちが並んでいる。

「こうしてみると、けっこういろんなものがあるね」

手に取るのもはばかられるような、値の張りそうな土物《つちもの》の大皿。ピンクがかったクリスタルのグラス、九谷焼《くたにやき》と思しき猪口《ちょこ》と徳利《とくり》。シンプルな漆黒の中皿、吉祥文《きっしょうもん》が細かく描き込まれた蓋物。どれも金で継がれ、品の良い美しさを醸《かも》し出している。その中に、キャラクターが描かれた子供向けのマグカップがちょこんと鎮座している。

「こういうのがここにあるの、めずらしい」

眞白も馴染みがある、猫のキャラクターがハッピを着て、「箱根温泉《はこね》」ののぼりを手にしている。おそらく土産物《みやげ》店で買ったものだろう。薄いセラミック素材だ。縁《ふち》と取っ手の一部が欠けていて、金ではなく色漆で目立たないように継いである。

「近所の子供が依頼してきたの？　さっきの男の子みたいに」

「違う。依頼主は三十代の女性」

「ええ？」

「亡くなった父親が家族旅行の時に買ってくれたものらしい。二十五年くらい前に、妹さんとお揃《そろ》いで」

「二十五年……」

「直すのは三回目だって。前の二回はおじいさんがやってる。どうしても品質的に欠けやすいんだよな」

確かによく見ると、絵柄のプリントは剝げかかり、セラミックの色も黄ばんでいる。

ぐっと喉《のど》が締まった気がして、眞白は黙り込んだ。

情景がありありと目に浮かぶ。幼い姉妹が、父親と一緒にマグカップを選ぶところ。それを、ずっと大事にしているのだ。二十五年――父親が死んだあとも、当時の思い出とともに。

まぶたの裏が熱くなって、泣いてしまいそうな気がした。涙もろい方ではないのに、不意打ちを食らった感じだった。

それでも涙は出ない。逆に目はひりひりして、息苦しさも感じる。

(大人こそ、時にはちゃんと怒ったり、泣いたり叫んだりが必要なんだ)

本当だね、桜士郎。わたしは泣き方を忘れてしまっているのかもしれない。

目を見開いたままカップを見つめていると、夏樹が言った。

「眞白、今日はお茶するだけじゃなくて、ごはん食べていけば」

はっとして、隣を見上げる。穏やかで柔らかな表情の夏樹がそこにいる。

「でも……玄ちゃん、確か調子悪いんじゃ」

「大丈夫そうだよ。玄ちゃーん！　眞白が夕飯食べてくって」

夏樹が奥の座敷に向かって叫ぶ。すると、どたどたっと音がして、工房の戸がほんの少し開いた。

「ま、眞白ちゃん。何が食べたいですか？」

眞白は思わず笑った。

「なんでも。玄ちゃんのご飯は、なんでも美味《おい》しい。ありがとう、玄ちゃん」

戸が再び閉まる。夏樹は眞白と顔を見合わせると、にこっと笑った。

「ほらね。もう回復してる」


眞白が通う弓道場は、地域でも有名な鎌倉武道館ではなく、山ノ内の奥まった住宅街にひっそりとある。会員は中学生から八十歳の御老体まで、現在三十人ほどが所属している。

この日、眞白は店を閉めた後、夕方に道場を訪れた。中学生の射型《しゃけい》を少し見てやって、自身も三十分ほど練習した。更衣室で着替えながらこの後の予定を考える。七福堂……は、さすがに最近行きすぎである。友人が少ないと、こんな風にぽっかりと時間が空いてしまうことがよくある。

五月の菓子がまだ決まっていない。店に戻ってまた試作品を……いや、今日はそんな気分になれない。

「仕方がない。アレを見るか」

鞄の中には桜士郎に無理やり押しつけられたお笑いのＤＶＤがある。家に帰り、適当なつまみを作って一杯やりながらＤＶＤを見よう。そうしよう。

ようやく予定が決まって外に出ると、そこに見覚えのある少年がいた。

「ひっつめ髪のねーちゃん」

ああ、と眞白は手を上げて応じた。

「おじいさんの花瓶割って直してもらおうとしたのに、予算の兼ね合いでやめた少年」

少年は思いきり顔をしかめる。

「……容赦ないな、ねーちゃん」

「何してんの、こんなところで」

「七福堂の帰り」

眞白は彼をじっと見つめた。

「と、いうことは？」

「やっぱり花瓶直してもらうことにして、今置いてきたところ」

「お金は？　おじいさんが出してくれた？」

少年は首を横に振る。

「お年玉だよ。新しいゲーム機買おうと思って貯めといたやつ」

ほう、と眞白は感心した。金継ぎは確かに料金がかかる。新しいゲーム機か、金継ぎか。彼の中ではきっと大きな葛藤《かっとう》があったことだろう。

「君、名前は？」

「……はやと。遠藤隼人《えんどうはやと》」

「わたしは花菱眞白。隼人君、家の前まで送っていこうか」

「え、なんで？」

眞白は腕時計を見た。そろそろ六時だ。山間《やまあい》の道はすでに暗い。

「まあ、どうせ暇《ひま》だから」

隼人は不思議そうな顔をしたが、黙って横に並んで歩き始めた。

「おじいさんに、正直に謝ったの？」

「まだ。じいちゃん旅行から帰ってくるの、明日だから」

「親御さんは、なんて？」

「お母さんにはすげー怒られた。割ったの隠してたんだけど、あの兄ちゃんの店に直しに行ったじゃん？　その帰りに見つかって」

「隠すからさらに怒られたんでしょ」

「なんかもっと簡単に、バレる前にささっと直ると思ったんだよ。ボンドみたいので」

そんなわけがない。眞白は苦笑した。

「七福堂のお兄さん、すごく腕のいい職人だからね。きっと素敵に仕上がるよ」

「でもバカ高い」

「技術料と、あと、材料費もそれなりにするから。でも、おじいさん優しいんでしょ？きちんと謝ったら許してくれるだろうし、お年玉使ったたって聞いたら、感心すると思うよ。隼人君はまだ子供なんだから」

「……世の中には、小学生のお年玉よりも大事なものがあるんだ」

　隼人は重々しい声で言った。眞白は興味を引かれた。

「なんか特別な花瓶なの？」

「定年退職の記念品だって」

「定年退職」

「俺のじいちゃん、保険会社に四十五年くらい勤めてたんだ。それでいよいよ退職する最後の日に、会社の人たちが大きな花束と、あの花瓶をくれたんだって」

　眞白はちょっと黙り込んだ。勤続四十五年分のお疲れ様が詰まった花瓶。

「……それは確かに、特別だね」

「だろ？　でも俺、ゲーム機も諦めたくなかったんだ。友だちもみんな買うし、予約済みのやつもいて。俺だけが買えないなんて、嫌だった」

「うん。その気持ちも分かる」

「でもさ、じいちゃんがよく言ってるんだ。何かに迷った時は、自分にとって価値がある方を選べって」

　それはなかなかいい言葉だ。大人になると、自分を主軸に物事を選択できなくなる場合が多い。

「それで、花瓶を直す方を選んだんだ」

「うん」

「君はいい子だね。おじいさんも、きっと喜んでくれる」

「……そうかなあ」

とたんに自信なさそうな声になって、隼人は俯《うつむ》く。

「じいちゃん、明日、帰ってきて……花瓶が割れちゃったこと知ったら……俺、けっこう怖い」

「やっぱり怒られるのが？」

隼人は神妙な顔をして、また左右に首を振った。

「ちがう。怖いのは、怒られることじゃない」

「じゃあ何」

「じいちゃんが、すごく悲しむだろうなって。それが心配で、怖いんだ。俺さ、じいちゃんが、大好きだから」

眞白は胸を衝《つ》かれた気がして、立ち止まる。すると、

「あ、俺んちあそこ。着いた」

隼人も立ち止まり、道の突き当たりにある家を指差した。それから眞白を見上げて、ぎょっとした顔をする。

「なんでだよ」

途方に暮れた様子で、彼は聞く。

「なんで、ねーちゃんが泣くの？」

眞白は泣いていた。最近では、何を見ても何を聞いても泣けず、すっかり感情の迷子になった気がしていたのに。

「なんでだろ。分かるからかな。大切な人が悲しむのが、怖いって気持ち」

隼人は困惑《こんわく》した顔のまま、ズボンの後ろポケットからハンカチを出して渡してくれた。しわくちゃで、アニメキャラが描かれている。まだ幼い少年が、すでにちゃんと紳士の素質があって、そんなことにも泣けてくる。これ以上、眞白の感情の揺らぎに付き合わせてはならない。眞白はハンカチは使わず、丁寧にたたみ直して彼に返した。

「……じゃあ、俺、家に入るけど」

「うん。健闘を祈る」

手を振って、彼がドアをくぐるのを見届けた。踵《きびす》を返し、すでに暗くなった道を戻る。なんだか胸がざわざわするのに、その正体が分からない。ほんの少し泣いただけなのに疲労を感じ、眉間《みけん》を強く揉《も》んだ。

一刻も早く帰りたい。帰って、お風呂に入って、くたびれたパジャマを着て、ビール片手に、お笑いのDVDを見よう。眞白はしかめ面《つら》のまま、家路《いえじ》を急いだ。

しかし家にたどり着いた眞白は、住居の二階ではなく、店の厨房《ちゅうぼう》へと向かった。手を洗い、いつもの紫紺《しこん》の作務衣《さむえ》に着替えた。暗い店舗の奥、大きなガラス窓の向こうに、ライトアップされた池が見える。水に反射した光が、ガラスを通して店内に忍び込み、黒い石の床や壁に美しい波の紋様を生んでいる。

それを眺めた。長い間、眺めた。やがてすとんと、心が嘘のように静まった。割れた陶器の欠片と欠片が、ぴったりと合わさった時のように。


春の満月が空にのぼる。眞白は今日も裏の小径から七堂家の庭に足を踏み入れる。

「ましまし！　遅いじゃんよ」

座敷のテーブルを拭《ふ》いていた桜士郎が、不満そうに声をあげた。

「満月の集《つど》いに遅れるなんてどういうことだよー。月にたったの一回なのに」

「いやじゅうぶんでしょ。それにしょっちゅう会ってる」

七福堂では、月に一度、縁側で「満月の集い」なる会合を行っている。メンバーは夏樹、桜士郎、眞白、そして玄ちゃんの四人。なんだか秘密の祈禱会《きとうかい》のようなネーミングだが、なんてことはない。単なる月見の宴会だ。

桜士郎によると、月光には穢《けが》れを浄化する力があるらしい。よく分からない。

それでも眞白はこの集いが好きだった。桜士郎だけが、月が出るタイミングや天候をやたらと気にしている。

桜士郎が拭き終えたテーブルに、さっと近づいてきた玄が、手早くトレーから料理を並べてゆく。

「わあ、今日も美味しそうだね、玄ちゃん」

揚げ出し豆腐に、つくね焼き、イカと里芋の煮物。山盛りの大根サラダ。

玄は割烹着《かっぽうぎ》を着てかしこまった様子で答える。

「ま、眞白ちゃんが里芋好きだから、いっぱい作りました」

「うんありがとう」

「よかったら少し持って帰って、ね？」

料理を担当するのは玄で、いつも本当に美味しい。

「今から生シラスも出しますよ。夏樹君が買いに行ってくれたのです」

「そうか。もうそんな季節だね」

相模《さがみ》湾は三月中旬にシラス漁が解禁になる。新鮮な湘南《しょうなん》シラスは観光客のみならず地元民にも人気だ。

「俺が持ってきた吟醸酒《ぎんじょうしゅ》に生シラス、最高の組み合わせだな」

桜士郎が自慢げに言った。

「桜士郎、また氏子《うじこ》さんからの奉納品くすねたの」

「くすねてねー。堀田《ほった》のオジがくれたんだ。こないだ通りがかりに挨拶に寄ったら、桜《おう》ちゃんいつもがんばってんなー、これ持ってけーってよ」

堀田のオジとは、北鎌倉で割と大きな酒店を営んでいる老人だ。眞白も顔見知りで、確か、亀岡神社の氏子総代も務めている。

桜士郎は神職者らしからぬナリをしているものの、氏子たちには受け入れられているようだ。何しろ両親を筆頭に、氏子総代の堀田氏までもが桜士郎に甘いのだ。

金髪になろうとサーフィンに興《きょう》じて神事をすっぽかそうと、めったに怒られることはないそうだ。祖母の蘭子による厳しすぎるしつけを、周囲も不憫《ふびん》に感じていたからかもしれない。

「いいなあ、桜士郎。その歳になっても、そんなに可愛がってくれる人がいて」

眞白は清彦に懐《なつ》いていたが、桜士郎は堀田の御老体に懐いていた。どちらも自分たちとは血のつながりがない人から、まるで本当の孫のように可愛がられた。

「……まあ、時々それもしんどいけどな」

桜士郎は、独り言のように小さく呟く。眞白はどきりとした。桜士郎の表情が、ほんの一瞬、暗かったような。そういうことはめずらしいから、なんだか引っかかる。

「なに、どうしたの」

「あーいや、別に。なんでもねー」

桜士郎はへらっと笑ってみせた。

「そういや、ましましは何持ってきたんだよ」

「あ、炊き込みご飯とか……」

「やったぜ」

「それから生菓子」

「デザートだな」

「うん。あんたさ、平気なの？」

「なーんもねーって。ほら、こっち準備しとくから、夏樹呼んできてくれよ」

確かに、生菓子を最初に見せたい相手は決まっている。

「夏樹は？」

「なんか工房でまだ仕事してる。月が雲に隠れちまったら、あいつしめる」

ぐっと喉をしめる仕草をした桜士郎の頭を、すかさず玄が持っていたトレーでごん、と叩く。

「ぼ、僕の甥にそんなことしたら、コロス」

「……しません、すみません」

良かった。いつもの桜士郎だ。眞白は安堵し、茶の間から続く土間の戸を開けた。

夏樹はやっぱり、作業テーブルの向こう側にいた。修復されているのは、大きな花瓶。隼人の祖父のものだ。すでに漆で継がれ、もとの形を取り戻している。しかし完成まではまだまだかかるはずだ。漆は極力薄く塗り、室《むろ》の中で乾燥させ、また塗り重ねるという工程を何度も行うと聞いている。工程が丁寧で時間をかければかけるほど、強度が増すのだと。

邪魔をしたくないので、いつも通り、黙って斜向かいに腰を下ろす。すると夏樹の方が、手を止めることなく口を開いた。

「眞白は玄ちゃんのお気に入り」

「そうかな。だったら嬉しいけど」

「俺、里芋よりじゃが芋が好きなんだよね。でも眞白が来る日は絶対に里芋。里芋畑もどんどん広がっている」

「嫉妬してんの？」

「まあねー」

眞白はじっと花瓶を見つめる。

「素敵に仕上がりそうだね」

「もちろん。ゲーム機以上の価値はあるはず」

夏樹も隼人から話を聞いたのか。祖父が怒ることより、悲しむのが怖いと言った少年の横顔を思い出し、眞白は微笑んだ。それから、おもむろに夏樹に聞く。

「夏樹さ。わたしが両親の本当の娘じゃないって、知ってた？」

夏樹は顔を上げ、眞白を見ると、

「うん」

と答えた。それはそうだろう。このあたりでは、有名な話だ。ただ、長い間友人でいながら、夏樹や桜士郎とこの話をしたことはなかった。

眞白の本当の母親は、十七で望まぬ妊娠をした。相手はひと夏だけ海の家にアルバイトに来ていた大学生だった。

眞白は今の両親の養女だ。生みの母は、花菱家の長女の葵。つまり、眞白の歳の離れた姉にあたる人だ。

眞白がそのことを知ったのは八歳の時。学校で、同級生の女の子に言われた。

(眞白ちゃんって、本当はお姉さんの子供なんでしょう？　うちのおばあちゃんが、あの子かわいそうねって)

眞白は持参した手提《てさ》げから、いつもの塗りの重箱を取り出した。蓋を取り、中身を夏樹に見てもらう。

「ようやく五月のお菓子が決まった」

テーブルを挟み、ふたりで静かに重箱の中を見る。

藤でもなく、菖蒲でもなく、兜でもない。五月といえば、これだ。分かっていたのに、あえて無視を決め込んでいた。

カーネーション。濃紅《こいくれない》から淡桃《うすもも》、白へと、薄い花びらを幾重《いくえ》にも重ね、アクセントに緑の小さな葉を添えている。

「わたしこれを作りたかったんだよね。でも、認めたくなかったんだよね。へそ曲がりだから」

月ごとの和菓子を長い間作ってきた。五月が近づくと何度もこのモチーフが頭をかすめるのに、あえて気づかないふりをして、毎年、別のものを作り続けた。

それが今年に限って向き合わなければならなかったのは、母が結婚の話を持ってきたからだ。

見合いで結婚なんかしたくないのに、はっきりと断ることができずにいた。母が、父が、がっかりするから。

何不自由なく育ててもらった。両親は眞白に甘く、優しかったが、失敗することを許さないような空気が常にあった。眞白も無意識のうちに、彼らの意図を汲《く》むようにして生きてきた。それだと駄目だと分かっていたから、二年前に家を出て、独立したはずなのに。見合い話を断りきれなかった。二十七歳にもなって失望させ、悲しませるかと思うと、意思表明ができずにいた。

意思表明ができないと、そもそも自分という人間が分からなくなり、すべてにおいて自信がなくなっていった。

「昨日さ、母に電話して、はっきりと断ったんだ。見合い話」

電話の向こうで、母はぐずぐずと文句を言い、眞白を責めた。眞白はそれでも、負けなかった。

「そうか」

夏樹は柔らかく笑う。

「良かったよ。クルージングとか始めずにすんで」

「ほんとそう」

「眞白はへそ曲がりじゃないよ」

夏樹は言う。

「少なくとも俺が知る人間の中では、誰より真っ直ぐで融通《ゆうずう》がきかない。名前の通り」

「自分の名前嫌いなんだよ」

名付けたのは花菱の母だ。眞白。もうその名前だけで圧がすごい。

「眞白も知ってると思うけど、器の世界だと、白は何通りも存在する」

夏樹はそんなことを言いだした。

「確かにそうだけど」

青みを帯びた白、乳白色、僅《わず》かに黄味を帯びた白、灰色がかった白。

「そういえば、見せたいものがあったんだ」

夏樹は作業テーブルの引き出しを開けて、それを取り出した。

白い小皿だ。金継ぎの作業の時に、よく、漆のチューブから中身を出して使っている。

その小皿に、金で模様が描かれていた。

「これは？」

「名付けるなら、今月の眞白」

眞白はまじまじと小皿を見つめる。描かれているのは、雪の結晶。単純な絵柄ではなく、六角形の中で金の花がぱっと咲いたかのようにあでやかだ。

「雪華紋。日本の伝統的なこの絵柄は、いろんな形がある。だから店の名前にしたんだろ？」

眞白は目を閉じた。

ずっと昔。雪華紋だけを描いた薄い画集を、七堂清彦がくれたのだ。

白は白でも、いろいろある。

雪は雪でも、イメージできる図案は千差万別。

「あんた嫌い」

「俺は、眞白が好き」

「これちょうだい」

眞白は小皿を手に取り、金の紋様をそっと指でなぞる。

「いいよ」

「来月も、再来月もちょうだい。違う柄の」

「分かった」

いいよ。分かった。短くて優しい受容の言葉が、眞白のひび割れを埋めてゆく。

「でもこんな小さな皿、なんに使うんだ」

「味噌ピーナツ入れるのにちょうどいい。ひとりで晩酌《ばんしゃく》の時」

夏樹が目を細めて笑う。眞白も笑った。すると、おーい、と桜士郎が呼ぶのが聞こえた。

「雲が出てきちゃうじゃんよー」

「あーはいはい」

と答えて眞白は立ち上がる。夏樹も立って、工房の電気を消す。

丸テーブルを四人で囲み、桜士郎の希望通り、満月を見上げて酒を飲み明かす。この家で使っている猪口は、夏樹が金で継いだものだ。どこかの家の蔵からホコリまみれで出てきたセットもの。それぞれ割れたり、飲み口のところが少しずつ欠けたりしているところに漆を塗り、固め、金を蒔く。

猫の虎鉄が、するりと眞白の腕の隙間《すきま》から膝の上に上がり込んでくる。それを見た夏樹が恨めしそうにつぶやく。

「いいな。そんなに好かれて」

「まあねー。でも夏樹はカラスには嫌われてないじゃん」

桜士郎がげらげらと笑う。

「ばあちゃん夏樹がお気に入りだったもんな。ていうか、本当は清彦じいちゃんが初恋の相手で、夏樹がそっくりだからだって親父が言ってたけど」

これには眞白もびっくりした。

「えっ、そうだったの？」

「好きで好きで、清彦じいちゃんが先に結婚した時は、ショックのあまりげっそり痩せちゃって、しばらく寝込んだほどだったらしい」

眞白は夏樹を見た。「初耳」と言って肩をすくめる。

「確かに会うたびにお菓子とか、商店街の福引券とかくれた」

「わたしなんて、睨まれたことしかないよ。一度桜士郎と話してる時に、うちの孫に近寄るなってすごまれたもん」

「そうだったそうだった」

と桜士郎は何度も頷く。

「それも、ましましが夏樹のじいちゃんに可愛がられてたからだ」

「え？　愛想がないからだって言ったよね」

「それだけじゃないだろ、さすがに。おまえいっつもここに入り浸《いびた》ってさ、清彦じいちゃんも嬉しそうだった。だから」

知らなかった。そんなくだらない、でもある意味一途《いちず》で乙女な理由が存在したとは。

「わたし、てっきり……」

蘭子にばったり会うたびに、不快そうな目で見られたのは、自分を蔑《さげす》んでいるからだと思っていた。近所でもある年齢以上の人は、花菱家の事情に詳しい。だから出自にその原因があると決めつけていたのは眞白自身だ。そうやって昔から、気づかないうちに、うまくいかない人間関係の原因を、すべてそこに結びつけていたのだ。

「眞白ちゃんは、まだいいですよ」

ひとり静かに飲み会に参加している玄が、生真面目《きまじめ》な顔でつぶやく。

「ぼ、僕なんて、子供の頃、蘭子おばさんに会うたびに言われてましたから。父親に似ても似つかない醜男《ぶおとこ》だって」

それはひどい。桜士郎がさっと正座し、縁側に額《ひたい》をこすりつけるようにして頭を下げる。

「俺のばあちゃんが、申し訳ない。生きている時のみならず、死んでもなお、カラスになってまで迷惑かけるとは」

「ほんとだよ」

と言いつつ、眞白は桜士郎に頭を上げさせる。その顔はほんのり赤く染まっている。

「あんたもう酔ってんの？」

桜士郎はにかっと笑う。

「いいことを教えてやろう。俺は、猫やカラスには嫌われてないけど」

「けど?」

「人間に嫌われてる」

眞白と夏樹は顔を見合わせ、噴き出した。そんなことはないはずだ。少なくとも、この四人の中では一番友人が多いのだから。

「飲もう」

「そうしよう」

桜士郎がもらってきた吟醸酒を酌《く》み交わし、大根おろしとスダチで和《あ》えた生シラスや、丁寧に面取りされて煮込まれた里芋をつまめば、気分も良くなってくる。

清彦に初めて会ったのは、十歳の時。ちょうど、隼人と同じくらいの年齢の頃だ。

眞白は、家で使っていた自分のご飯茶碗をうっかり割ってしまった。桜の模様が描かれた可愛らしい茶碗で、残念に思うとともに、粗相《そそう》をしたことが申し訳なくて、慌てて片付けようとした。すると、

『お父さんがやるから、眞白は怪我しないように離れていなさい』

父はそう言って、茶碗の欠片を拾い集めてくれた。そして翌日、眞白を七福堂に連れていったのだ。

清彦の第一印象は、怖いおじさん、だった。何しろにこりともせず、言葉も少なく、割

れた茶碗の欠片をつぶさに見ていた。やがて顔を上げ、眞白をじっと見つめて言った。

『大丈夫だ』

たった一言だけ。何がどう大丈夫なのか、分かったのは、無事に継がれた茶碗を受け取った時だ。

本当に大丈夫だった。無残に割れたはずの茶碗が元通りになったばかりでなく、桜と桜の間に金色の枝が伸びているようにデザインが足され、素敵に生まれ変わっていた。

それからだ。ここによく来るようになったのは。清彦は眞白の訪問や見学を許し、そばにいさせてくれた。

その頃、清彦は六十五歳くらいか。そうとは思えないほど若々しかった。背筋がすっと伸びて、金継ぎの作業中も今の夏樹と同様、常に腰骨が立っている状態で座り、姿勢が正しかった。仕事中は藍染《あいぞ》めの作務衣で、時々は着心地の良さそうな麻素材のシャツにデニムなんかも穿《は》いていた。

さりげない装いの中に少しのこだわりがあり、その塩梅《あんばい》が子供の目にも素敵だった。

髪は白いものが目立っていたが、眼差《まなざ》しには力があった。目元が涼やかなのに強いのは夏樹と同じ。一見厳しそうなのに、笑うと意外に柔らかな印象で、目尻に寄った皺《しわ》に温かみがあり、優しそうだった。

割れた器と向き合う時の瞳、姿勢、気配。すべてが凜《りん》として気高《けだか》く、静けさの中に確かな熱量を感じ、それが心地よかった。

一番好きだったのは……声かもしれないな、と最近考える。

亡くなった人というのは、場合によって、その顔貌《かおかたち》よりも声の方をはっきりと憶えているものだ。

清彦は、多くは話さなかったが、眞白が落ち込んでいたり、気分が塞《ふさ》いでいると、隠しているつもりでもあっけなく見抜いた。

『眞白。菓子を食うか』

そう言ってくれた時の、少し嗄《しゃが》れている声。言葉で慰《なぐさ》めるようなことはせず、金継ぎの作業の合間に、縁側で並んで菓子を食べた。そしてふと気づくと、眞白の皿にはひとつ多く菓子が載っていた。

問うように見上げると、清彦はくしゃりと笑い、お茶を本当に美味しそうに飲んだ。

蘭子の気持ちも、理解できる。

子供ならではの特権を行使し清彦に会いに行く小娘、神社の境内でその姿を見かけるたび、蘭子は複雑だっただろう。

亀岡神社のカラスが蘭子の化身なのかどうかは、分からない。

それでも。

「……ごめんなさい」

小さくつぶやいた言葉に、夏樹だけが気づいたようだが、ただ微笑み、眞白の猪口に酒を注ぎ足してくれた。

眞白は清彦のことも、夏樹のことも好きだし、尊敬している。蘭子には申し訳ないが、これからも、ここに通い続けるだろう。そして何かに悩んだ時こそ、静かに、金継ぎの作業を見せてもらうだろう。

眞白は酒を満たした猪口を、すっと持ち上げた。糸尻《いとじり》から上に向かって、葛《くず》の葉の紋様が描かれている。満月の淡い光がその金色を、さらにしっとりと美しく輝かせた。

# 2

# 桜と金

五月の陽光を受けた海が、アルミホイルをくしゃくしゃにした時のように銀色の模様を生み出している。遠浅の由比《ゆい》ヶ浜《がはま》は近隣の材木座《ざいもくざ》海岸と同様、サーフィン初心者にも人気のエリアだ。そのため平日にもかかわらず、浜にはにわかサーファーたちの姿がちらほら見受けられた。

桜士郎《おうしろう》は海から上がって、砂の上に足を投げ出した。潮にさらされた肌や髪が、暖かな日差しにあっという間に乾いてゆく。

波に乗るポイントとしては、ここではなく、稲村《いなむら》ヶ崎《がさき》の方がいい。同じく遠浅だがリーフの形状が良く、狭いエリアの中で条件が揃《そろ》えば複雑に波が割れる。中級者以上にはそちらが人気のはずだ。

だからここで海に入ったのは、高校生以来かもしれない。浜にはサーフィンを楽しむ人のほか、散歩中の老夫婦や犬もいて、穏やかで平和な時間が流れている。

「桜《おう》ちゃーん」

波打ち際《ぎわ》でインストラクターと話していた詩織《しおり》がこちらに手を振った。桜士郎の現在の彼女で、付き合い始めて今日でちょうど三カ月。桜士郎もにこやかに手を振り返した。

レンタルしたウエアとピンクのボードが茶髪に似合っている。しかし海に入るとあの巻毛や化粧は台無しになるし、長い爪はウエアの着脱に向いていないと思う。それでも嬉しそうにしているので、微笑ましく見守った。

詩織とは、すぐそこの国道沿いのバーで知り合った。付き合った当初からずっとサーフィンをやってみたいと言っていたから、桜士郎が知り合いのインストラクターを紹介したのだ。もちろん桜士郎も教えられるだろうが、初心者はプロにお願いしたほうがいい。高校生の時、桜士郎もそうだった。

初めて波を捕まえた時の解放感を、今でもはっきりと思い出すことができる。場所はここ由比ヶ浜で、桜士郎は今よりずっと子供で、ただただ、目の前の波に夢中になれる状況が嬉しくてたまらなかった。

ふと気づくと、桜士郎は手を上げた状態のまま固まっていて、視線は詩織ではなく、水平線を見ていた。

一隻の小型船が、今まさに、空との境に消えようとしている。手前の海の輝きがあまりに強く、そのアンバランスな対比に、急に落ち着かない気持ちになった。桜士郎は手を下ろし、のろのろと立ち上がった。

日差しはますます強く、海は隅々まで照らされ、輝きを増す。ピンクのボードが波間に見え隠れし、詩織の嬌声《きょうせい》が響《ひび》いているが、それも波の音にかき消される。

桜士郎は眩《まぶ》しさに目を眇め、ふと思う。波に乗るなら適度に風のある昼間の海がいいが、ただ眺めるなら、凪《な》いだ夜の海の方が好きだな、と。

またぼんやりしそうになって、慌《あわ》ててまばたきを繰り返した。せっかくの海デートの日だ。詩織の様子をちゃんと見ていないと、後で機嫌を損《そこ》ねてしまう。

詩織は今日を楽しみにしていた。桜士郎も、交際三カ月の記念日と、初波乗りを祝うつもりで、七里ケ浜《しちりがはま》のちょっと高級なイタリアンレストランを予約していた。

そこは江ノ島《えのしま》を含む海が一望できる高台の店で、特にカップルに人気が高い。夕暮れ時の景色が最高で、石窯《いしがま》で焼くパリパリのピザや、季節の鮮魚や鎌倉《かまくら》野菜を使ったサイドメニューがとても美味《おい》しいのだ。ワインの種類も豊富で、桜士郎お気に入りの店だが、女の子を連れていくのは始めてだった。

しかし。その最高のレストランで、過去最悪のディナーを体験するはめになってしまうとは。

いや、本当は、少し予感はあったかもしれない。

まず、詩織の機嫌がすこぶる悪かった。店に、自分が飲みたい銘柄《めいがら》のビールがないとぐずぐず言った。最初に運ばれてきたサラダをふてくされた顔で突《つつ》きながら、サーフィンはもうやめる、と言いだした。

「上達する気がしないもん。あのパドリング？　っていうの？　一生懸命手で漕《こ》いで沖に出るの、気が遠くなりそうだった。やっと着いたと思ってもさ、波が来るまで海の中で待つのも退屈だし、乗れたら乗れたで、すぐに落っこちちゃうし。海水たくさん飲んじゃって、もーサイアク」

「最初は俺もそんなもんだったよ」

「でも、久美《くみ》っちは最初からまあまあうまく乗れて、意外に簡単だったって言ってたのに」

「人それぞれじゃね？」

「桜ちゃん冷たい。あたしは桜ちゃんと一緒に、楽しいことしたいだけだったの」

「じゃあ、陸トレとか一緒にやる？　まずはイメージつかむのが大事だって言うぜ」

「えー。陸でトレーニングすんの？　つまんなさそう」

「それなら、別にサーフィンじゃなくてもいいよな。マリンスポーツやりたいなら、シーカヤックとかもあるぜ。そっちだったら俺も初心者だし、一緒に――」

「とにかく、海はもう嫌なの」

はああ、と詩織はため息をつく。あ、駄目な方向だな、と桜士郎は身構えた。

「ていうか、やっぱりもうこの歳で、海で遊んでばっかりいられないよ。久美っちさあ、結婚するんだって。あの中古車ディーラーやってる楡崎《にれさき》さんと」

「あー、へええ……」

詩織の友達カップルには一度会ったことがあるが、すでに顔が思い出せない。桜士郎は薄く笑い、グラスにワインを注ぎ足した。

「正直、あたしは久美っち逃げてると思うんだよね。だってさんざん彼氏の悪口言ってたのにだよ？　いきなり結婚てさあ……」

桜士郎は手にしたグラス越しに詩織の顔をそっと見た。

やっぱり、あんまり良くない感じだ。

気の色が、濁った赤銅《しゃくどう》色をしている。詩織は二十六歳で、女子大を卒業後も定職には就《つ》かず、イベント関連のアルバイトをしながら遊ぶ金を稼《かせ》ぐ生活をしている。第一印象は、底抜けに明るくて、笑顔が最高に可愛い子。出会った当初は、気の色も柔らかで透明感のある色合いをしていた。それが最近、会うたびに濁ってゆく。

このところ、愚痴や文句が多い。友人の悪口や、入った店のメニューへの不満。今日はサーフィンへの文句か。

どうしたらいいのだろう、と桜士郎は悩む。気の色は同じ人間でも変化するものだ。なんとか彼女に、もとの色を取り戻してもらいたい。できるだけ話を聞いてやり、わがままを聞いてあげればいいのかと思ったが、どうやら桜士郎は失敗している。詩織の気の色も、不満そうな表情も、どんどん悪い方へ向かっている。

「……だから、聞いてるの？　桜ちゃん」

気づくと桜士郎はグラスを手にしたまま、またしてもぼんやりしていて、詩織に睨《にら》みつけられていた。

「え？　ああ、ごめん。なんか俺、疲れてんのかなー」

「疲れるほどの仕事してないでしょ」

小馬鹿にしたように言われれば、苦笑するしかない。

「まあ、そうだよな」

「もう！　人が、せっかく勇気出して言ってみたのに」

「何が？」

「だから。あたしもいっそ結婚しちゃいたいかなー、って」

桜士郎の思考はそこで停止した。え？　さっきは結婚する友達のことを逃げてるとか言って非難していなかったか？　どう話がつながって、そういうことになったのだろう。

「あー……詩織、ワインが嫌なら、なんか別なもの飲む？　ここカクテルとかもけっこう美味《うま》くてよ」

「桜ちゃん、話そらさないで。あたし真剣なの」

いや、全然真剣じゃない。

結婚は、そういうものじゃない。

桜士郎は、手にしていたメニューブックをぱたんと閉じた。

「詩織、今は結婚とかしないほうがいいと思うぜ」

「今じゃないなら、いつだったらいいの？」

「どうだろうな。うーん、まずはほら、心身を綺麗な状態に調《ととの》えてから？」

自分自身が調うと、人への不平不満が減ってくるものだ。幸せは人と比べるものではないし、やりたいことには地道な努力や信念というような志《こころざし》が必要だ。自分だって人のことは言えない立場だが、一緒に考えないか。そうすればお互いをより知ることができるし、関係性も深まる。結婚は、その先の問題じゃないかな。

そういったことを伝えたいのだが、うまい言葉が見つからない。案の定、桜士郎が何かを言い足す前に、詩織は眦《まなじり》を吊り上げた。

「なにそれ。あたしの心身が汚いっていうの？」

「そういう意味じゃねーけど……」

桜士郎は焦《あせ》った。言葉を選ぼうとすればするほど墓穴を掘る気がする。過去、正直に物を言いすぎて多くの人間に嫌われてきたから、同じ過《あやま》ちは犯したくはない。

そんな桜士郎の葛藤《かっとう》など気づかず、詩織の目にはみるみる涙が溜まっていった。

「桜ちゃんに何が分かるの？」

「……ごめん」

「自分だって遊びも仕事も中途半端でかっこ悪いくせに」

「ほんとそうだよな」

「桜ちゃんとこの神社がどんだけすごいか知らんけど、結局家とか親のおかげで生活できてんじゃん。それに、お祓《はら》いとかご祈禱《きとう》とかってさ、テレビで見たことあるけど、あれってインチキだよね。それなのに桜ちゃん、俺にはなんでも見えてるーみたいな言い方して」

　そこで桜士郎の葛藤は終わった。

「うん。実は見えてる」

「え、なに？」

「見えてる。詩織の心身の状態。今は気の色が濁ってて、良くない」

　詩織の表情が凍りついた。一度顔を伏せ、数秒、テーブルの上の冷めた料理を見つめていた。やがて再び顔を上げた時、そこに浮かんでいた感情は桜士郎がよく知るものだった。

　少しの怯《おび》えと、軽蔑《けいべつ》。

「気持ちわる」

　詩織はつぶやくように言い、席を立った。

「もう連絡しないで」

「おう」

　桜士郎は追いかけなかった。ワインを飲み、ピザや魚介のリゾットや真鯛の炭火焼きを、黙々とひとりで食べた。

　気が淀《よど》んでいる。濁っている。

　つい先日、眞白《ましろ》にも同じようなことを言った。眞白は驚いた様子だったが、桜士郎の助言を真摯《しんし》に受け止め、話を聞いてくれた。わかっている。そんな人物の方が稀《まれ》だ。ほとんどの人間は、他人に霊的なことなど言われたくはないのだ。もう、身にしみて分かっていたはずなのに。

お決まりのパターンを繰り返して、自己嫌悪のまま会計を済ませ、外に出てみると、太陽は完全に沈んでいた。代わりに天空を支配している月が、暗い海をしらじらと淡い光で満たし、ところどころで白波が輝いている。

やっぱりなあ、と桜士郎は思った。

俺は昼より、月明かりに照らされた夜の海の方が、何倍も好きだ。

そんなことがあった夜、久しぶりに、色彩豊かな夢を見た。

満月に照らされた海は昼間とは違い、幻想的な光に満ち満ちていた。白波が立つ水面《みなも》は全体的に淡い金色に輝き、静かで、波音は飽くこともなく同じリズムを繰り返していた。潮風の香りもはっきりと感じたのに、目が覚めて夢だと知った。桜士郎は残念に思い、夢の続きを願って再び目を閉じてみたが、まぶたの裏には薄ぼんやりとした闇ばかりが広がり、先程まで見ていた綺麗で懐《なつ》かしい風景は、欠片《かけら》も残ってはいない。

仕方がなく、また目を開く。明け方だということは、室内の光で分かる。雨戸は立て付けが悪いから使っておらず、古いカーテンにも遮光機能などない。木目《もくめ》が黒ずんだ天井、お気に入りの漫画やフィギアが並んだ本棚。小学校一年生から使い続けている机は物置代わりで、畳んだ洋服が積み上がっている。枕元からスマホを取り、時刻を見ると五時ちょうど。アラームを設定し忘れたのか、それとも無意識のうちに止めてしまったのか。

つまり寝坊してしまった。

亀岡《かめおか》神社で形ばかりの権禰宜《ごんねぎ》として日々を過ごしている桜士郎の朝は、早い。本来なら、四時半起床。顔と手を清め、口を濯《すす》ぎ、着替えてから本殿へ行き、日供《につく》と朝拝《ちょうはい》の準備。仕事の八割は社殿と境内《けいだい》の清掃にあてられる。神職は万物の穢《けが》れを祓い、神と人との交流に可能な限り清らかな場を提供するのが仕事なのだ。

これはあまりよくない傾向だ。現実と向き合うのが苦しいと、ついつい寝坊してしまう。

今回の現実とは、詩織に振られてしまったことである。

「あああーーー」

桜士郎は頭を抱《かか》えた。ベッドから出たくない。早朝に境内の掃除などする必要があるだろうか。俺は昨日、振られたばっかりなんだから。終日ベッドの中でごろごろして、もう百回は読んだ漫画を読み返す。おそらく母親が起こしに来るだろうが、頭が痛い、腹が痛いと訴えれば、仕方がないわねとため息をついて諦《あきら》めてくれるはず。それに今は神社にとって忙しい時期ではない。

亀岡桜士郎は、二十七歳の現在も、両親に依存し甘やかされている。眞白に言わせれば、桜士郎はいわゆる「子供部屋おじさん」なのだそうだ。

眞白は大きく間違っている。桜士郎はまだおじさんではない。ましましのやつ、自分が実家から独立し、住居と店を構えたからって、エラそうに。

「……いや、実際、エラいよな」

桜士郎はつぶやき、頭から布団をかぶった。このままぬくぬくとした闇の中に吸い込まれて、いっそいなくなってしまいたい。

しかし。

カアーッと鋭い声が外から響き渡った。瞬時に桜士郎は布団をはねのけて飛び起きると、薄いカーテンを引き、窓を開ける。

「ば、ばあちゃん……」

庭のサルスベリに、またあの大きなカラスがいる。黒々とした無情な両目で、桜士郎を睨みすえている。

「分かってるって……」

起きねばならない。起きて、務めに行かなければ。

彼が、今日もやってくるのだから――。

桜士郎は観念し、急いで顔と手を洗うと装束《しょうぞく》に着替えた。

寝坊をしているので、いつもは最初にやる朝拝の準備を後回しにして、先に参道へ走った。参道には、秋や冬よりはマシだが、風で運ばれてきた枯葉や少しのゴミが散らばっている。それらを竹箒《たけぼうき》で丁寧《ていねい》に取り除き、最後に自分の足で鳥居の下から拝殿までを歩いて、小石ひとつ落ちていないことを確認する。静かな足音が聞こえ始め、腕時計を見ると、五時半ちょうど。

顔を上げると、朝靄《あさもや》の向こうから、中年の男が現れた。鳥居の前まで来ると、深くお辞儀をして、そこをくぐる。桜士郎は箒を手にしたまま、努めて明るく声をかけた。

「おはようございます。小笠原《おがさわら》さん」

彼、小笠原信夫《のぶお》もまた、朗《ほが》らかに応じた。

「おはようございます、桜士郎君」

「今日でもう九十日目ですね」

「はい。お陰様で」

九十日。だいたい三カ月。そういえば、彼と最初に会ったのは、冬の終わり、詩織と付き合いだした頃だった。開花を待つ梅の蕾《つぼみ》も凍りつきそうなほど寒い朝で、彼はダウンジャケットを着ていたと記憶している。吐く息はお互いに白く、箒を握る桜士郎の手はかじかんでいた。

季節は確実に移っている。五月、山間《やまあい》の神社の朝はそれなりに冷えるが、澄んだ空気の中には新緑の息吹《いぶき》が感じられる。

「それでは、始めさせていただきます」

彼はそう言って、まず手水舎《ちょうずや》まで行き、手と口を濯《すす》いで清めた。それから鳥居の横の百《ひゃく》度石《どいし》のところまで行くと、札を一枚取って戻ってきた。

百度石は、百度参りをする人のために設置してある石である。石自体は神社建立《こんりゅう》の時からひっそりとそこにあったようだが、百度参りの回数を数えるための木札を新しく用意したのは桜士郎だ。

彼、小笠原信夫は木札をいったんズボンのポケットにしまうと、参道の脇で靴を脱いだ。それからもう一度、拝殿に向かって深々と頭を下げる。

信夫は百度参りをしているのだ。お参りが始まったら、誰とも口を利《き》いてはならない。桜士郎は信夫の邪魔にならないよう、参道から退《しりぞ》いて、玉砂利の掃除を始めた。

九十日目。残りはあと、たったの十日。急に鼓動が速くなって、桜士郎はそんな自分をごまかすように、懸命に竹箒を動かした。

「なんか、ばあちゃんが俺に対して怒っている」

ぽつりとつぶやくと、

「カラスだろ」

とそっけない声。大きな木製テーブルの向こう、七堂夏樹《しちどうなつき》は割れた皿の修復作業を続けている。眞白と違って桜士郎は陶磁器に一切興味がないが、夏樹が何かを直す工程を見るのは好きだ。

「だから、あれがうちの死んだばあちゃんなんだって」

「時々うちの枝垂《しだ》れ桜に来てるかも」

「我が祖母ながら執着がすごいんだ」

「可愛い声で鳴いてたよ。玄《げん》ちゃんが庭に出たらすぐにいなくなったけど」

やはり間違いない。あれは死んだ蘭子《らんこ》だ。死んでもなお、お気に入りの人間への執着を捨てきれず、また、桜士郎の行動を見張り、グータラ過ごすのを許さない。

「でもおかげで起きられて、遅刻せずに済んだんだろ？　何よりだね」

「俺は、今日くらいは布団かぶって泣き暮れたかったんだけどな」

夏樹はそれには答えず、軽くはなをすするようにして、小皿に新しい漆《うるし》を出した。小さな筆で、ひび割れた箇所に丁寧に漆を入れ込んでゆく。

夏樹の指は、男の桜士郎が見ても長くて綺麗だ。指だけではない。目の前の友人は、顔の造作《ぞうさく》も綺麗だし、耳の形も、首から肩へのラインも、すべてが完璧なのである。確かに、蘭子が気に入るはずだ。

桜士郎だって、何かにつけてここに入《い》り浸《びた》っている。それは、夏樹といると心地よいからだ。

たとえば朝の五時過ぎに参道の掃除をしていると、山の向こうから朝日がのぼってくるのを目《ま》の当たりにする。清らかな光が咲き始めたばかりの白梅にあたり、なんとも言えない艶《つや》めいた光景にふと目頭《めがしら》が熱くなったりする。初夏の今なら、藤もいい。近隣の長谷寺《はせでら》の藤棚や、浄妙寺《じょうみょうじ》の白藤には及ばないまでも、亀岡神社にも見応《みごた》えのある藤がある。朝靄を払うように幾筋もの光が差し込み、藤の紫色が徐々に鮮やかさを増す。その色の変化を見ることができるのは、早朝から掃除をしている者の特権だなあ、と思うこともある。その時間はまだうるさい蜂も活動していないから、静寂もまたご褒美《ほうび》のようなものだ。

とにかくそんな、日々の些末《さまつ》な、しかし桜士郎にとっては大切な気づきがあった日は、すぐにでも夏樹に伝えたい。だから朝拝が終わると自身の朝食もそこそこに、袴《はかま》姿のまま裏の崖道を駆け下って、「七福堂《しちふくどう》」へ来ることが多いのだ。

夏樹は桜士郎ほどではないが、まあまあ早起きで、八時には工房にいる。桜士郎はそこで、梅や、藤のことや、新しく発売になったコミック本の感想なんかも話したりする。夏樹は金継《きんつ》ぎの作業の手を休めることなく、だからといって聞いていないわけでもなく、絶妙にいい塩梅《あんばい》で相槌《あいづち》を打ち、話に耳を傾けてくれるのだ。

「……俺が夏樹だったらな」

桜士郎はつぶやいた。

「きっと、女に振られたりなんかしないんだ」

「いやいやいや」

夏樹は手を止めることなく応じる。

「桜士郎。おまえまたどうせ、視《み》えちゃったんだろ?」

桜士郎は沈黙する。

祖母の蘭子が桜士郎の教育に熱心だったのは、桜士郎に生まれつき霊感があり、土地神に愛されているから、という理由だった。亀岡神社の宮司《ぐうじ》として、平凡な父親とは違い、ふさわしいと。

しかし、桜士郎は自分のこの特性をありがたく思ったことなどない。何かの役に立った例《ためし》もなく、人に気持ち悪がられるだけだ。

確かに物心ついた時から、見えないはずの霊の姿を見たり、声を聞いたりすることがあった。蘭子は喜んだが、桜士郎は、そんな自分が嫌だった。純粋に、怖かったのだ。

霊が見えても、不思議な光や闇に気づいても、何かができるわけではなかったから。一度など、交通事故が多発する場所で子供の霊を見てしまい、家までついてこられたことがある。怖かったし、何もしてやれない自分が申し訳なかった。

誰かと親しくなると、毎日ではないが、時々、相手の背後に霊を見てしまうことがあった。それを口にすると嫌われた。当たり前だ。誰だってそんなことは指摘してほしくはない。

「詩織はさあ、明るくて可愛くて、能天気なところが最高に楽しかったんだけどよ」

バーで知り合って意気投合して、付き合い始めて三カ月。

「三カ月の壁ってやつだね」

「そうなんだぜ。一緒にいる時間が長くなってくると、こう、気の色がどんどん気になってくるって感じで」

「黙って様子見るってことはできなかったのか？」

「そうしようと思ったんだ。だけどよ、結婚とか言いだされると、こっちもつい本音を言いたくなるよな」

「その子、本気でおまえと結婚したかったの？」

「どうだろうなー。まあ、現状に嫌気が差してて、手っ取り早く新しい自分になりたかったのかもな。でも、俺は無理だって言ってしまった」

「言ったのか？」

「遠回しにな。まずは心身を綺麗に調えてからそういう話ししようぜって」

「おまえ矛盾《むじゅん》してない？」

夏樹がようやく手を止めて、桜士郎を見る。

「彼女が結婚したがっていたなら、それを断ったのはおまえの方だろ。さらに、本人が無自覚のことを言い当てたりして。それなのにおまえの方が落ち込むなんて」

「俺にとって結婚は、もっと真剣で神聖なものなんだぜ」

夏樹はこれを聞き、ふっと笑んだ。

「おまえんち、両親が仲いいからだよ」

「それもある。でも、俺、社務とか神事とかまるで真面目《まじめ》にやってないけどよ、唯一《ゆいいつ》好きなのが結婚式なんだぜ」

今どきは、ホテルやレストランで人前《じんぜん》結婚式をする方が一般的だろう。特に女の人はウェディングドレスが好きだから、結婚式をするならドレスで、となる。

それでもたまに、特に地元の名士や氏子《うじこ》の家の出身だったりすると、神前結婚式を選ぶ新郎新婦がいる。古式ゆかしい装束、八百万《やおよろず》の神に祝福を願う祝詞《のりと》。

「俺、惚《ほ》れっぽいかもしれないけど、結婚はより神聖なものだ。強い気持ちで結ばれたいし、離れたくない。そんな相手と出会うまでは、できない」

「それでいいと思うよ」

夏樹は静かに言った。

「俺も理想は、おまえの両親だもんな」

桜士郎は、少し嬉しくなる。駄目息子にとことん甘い両親だが、確かに自慢だ。ふたりは今も手をつないで散歩をする。

「じゃあおまえ、自分が結婚する時はうちの神社使えよ」

「おまえが祝詞あげてくれんの？」

軽口を言って、軽口で返されたのに、桜士郎は黙り込んでしまった。

親友の結婚式を、俺が執《と》り行う？　それはすごく素敵なことだ。夏樹は和装が似合うだろう。今はカラスのばあちゃんも、祝福してくれるだろう。しかし、神聖な結婚式で祝詞を唱え、御幣《ごへい》を振るうには、〝ちゃんとした〟神主《かんぬし》である必要がある。ましてやそれが、親友とも呼べる夏樹の結婚式ならば、だ。

俺はまったく、ちゃんとしていない。

（仕事も遊びも中途半端でかっこ悪いくせに）

詩織の指摘は痛かった。

ずっと、物心ついた時から、亀岡神社の跡取りとしての教育を受けてきた。しかし桜士郎はいつだって、ここから逃げ出したかったのだ。だからいまだに決心がつかず、髪を染めたまま、遊び歩いている。日供や掃除は仕事だと思ってやっているが、神事に表立って携わることからは避けている。もっとも、桜士郎のような見た目の神主は、氏子や参拝者の方からお断りといったところだろう。

それでも、両親は何も言わない。二十七歳にもなるのに、何も強要はせず、好きに生活させてくれている。

だからこそ、なかなか決心がつかない。本当ならもう何年も前に、桜士郎は、神社や神職を捨て去っていたはずだから。

「夏樹はさあ、今の仕事に疑問を感じたことはないのか？」

ふと聞いてみると、夏樹は首を横に振った。

「疑問を感じる前に始めてたからな。休みの日でも出先で器《うつわ》の割れや欠けを見ると、仕事とは関係なく直したい気持ちになるし」

「そうか……そうだろうな」

だから朝早くから、時には夜遅くまで、工房で仕事をしているのだ。

「おまえもだろ？」

夏樹は器の修復具合を確かめながら聞く。

「神職の装束着ていない時だって、汚れてる場所とか、落ち着かないだろ？」

「まあ、そうだけどよ……」

意外に思われることも多いが、桜士郎は綺麗好きだ。神職の仕事の八割は清掃というのは大げさでもなんでもなく、もう、幼い頃からの習慣が身についている。

自分の部屋は雑然とはしているが、掃除機は毎日かけるし、定期的に水拭《みずぶ》きもする。ふらりと入ったレストランでテーブルが汚れていたりすると、こっそり自分で拭いて綺麗にする。潔癖症ではないが、目に留《と》まった汚れをそのままにしておくのは落ち着かない。

それにしても。夏樹の仕事への熱量はすごい。とても真似できない。だからつい、言いたくなってしまうのだ。

「おまえさあ、仕事熱心なのもいいけど、気づけばあっという間にオヤジになっちまうぞ」

そうやって脅《おど》しても、夏樹はただ笑うだけだ。昔から、どこかつかみどころがない。夏樹が何かに焦ったり、前のめりになっているところなど……一度しか見たことがない。

そう、一度は、ある。

「もう帰れよ。カラスが迎えに来る前に」

「あ、忘れてたぜ。いっこ頼みがあったんだった」

桜士郎は横の椅子に置いてあった自分の鞄から、それを取り出した。

白い陶器の細身の瓶で、瓶子《へいし》と呼ばれる神具である。上部が膨《ふく》らんだ壺形で、狭い口には蓋《ふた》がついている。通常、神様に酒をお供えするときに用いるものだ。

ひと目見て破損していると分かるほどの、大きなひび割れがある。しかしすでに、テープで仮止めがされていた。

夏樹は軽く目を見張り、それから瓶子を手に取ると、つぶさに調べ始めた。

「誰が仮止めした？」

「ばあちゃんだと思う」

「それなのに持ってこなかったんだ」

確かにそうだ。割れてしまって、不要になったのなら捨てるだろう。取っておきたくて自分で仮止めをしたのなら、目と鼻の先の七福堂に持ち込んだはずである。

「ばあちゃんのことだから、おまえのじいちゃんに対して気恥ずかしいっていうか、迷惑かけられないって思ったのかも」

「見たところ欠片はぜんぶ綺麗に仮止めされてるな。割れも複雑じゃないし、梅雨時《つゆどき》だから、割と早く直せるよ」

夏樹によると、漆は湿度が大事で、梅雨の時季は固まるのが早いらしい。

「どんくらい？」

「まあ、それでも二カ月は」

「途中で一回見せてもらってもいいか？」

「もちろん」

なんとなくだが、進捗《しんちょく》状況を把握しておきたい気がしていた。先日預けたエヴァンゲリオン初号機ＤＸより、気になる。預けっぱなしにすることに、妙な罪悪感があるのだ。

「でもさ、金継ぎで直したものを神具として使うのに問題はない？」

夏樹は当たり前のことを聞いた。

確かに日常使いで直した器を使うのはいいことだが、神事となるとふさわしくないかもしれない。

「神社の方で使うわけじゃないんだ。ただ、直しておくべきかなあって」

ふうん、と夏樹は蓋を取って今度は中まで調べている。桜士郎は、少しドキドキした。

「……夏樹は、何も感じない、よな」

「うん」

やはりそうか。桜士郎が黙り込むと、夏樹はさらりと聞いた。

「これ、いわくつき?」

「……うちの蔵から出てきたものなんだ」

亀岡神社は中規模な社《やしろ》で、氏子もそれなりにいる。地元では名が知れているし、季節ごとの行事もそれなりに華やかだ。来年は建立百五十周年の節目にあたるということで、特別な神事も計画され、それに先立って敷地内にある蔵の中の整理と、神具や古い奉納品の虫干しが行われた。

蘭子の遺品も改めて調べて、昔没収されて目の前で壊されたプラモデルもその時出てきた。そのほかにも、過去の神事で使った神具が山のように出てきて、父が、処分する品と保存する品を分けた。

目の前にある瓶子は、処分されない方に積まれていたものだ。

「なんか、聞こえるんだよ」

「声とか?」

「赤ん坊の泣き声っぽいの」

夏樹は、そうなんだ、と平然と言い、実際に自分の耳を瓶子に当てている。桜士郎は感心する。

「おまえ、怖くないの？」

「聞こえないから、怖がりようがない」

「おお」

桜士郎が夏樹を好きな理由のひとつが、この、ブレのなさだ。大抵の人間は、霊感のあるなしにかかわらず、いわくつきの品を突きつけられると微妙な顔をしたり、気味悪がったり、恐れたりする。ましてや夏樹はこの器を預かり、手に触れ、これから何週間も毎日そばに置くことになるのだ。

それなのに、一切、意に介していない。かといって、桜士郎を信じていないわけでもない。

「じゃあ、直して、神事に使えなくても、問題ないんだな」

「おう。なんなら母さんに花でも生けてもらうぜ」

「分かった」

引き受けてくれたことに安心し、桜士郎は工房を出た。すると庭先で、夏樹の叔父《おじ》の玄が家庭菜園の手入れをしている姿が目に入った。

「玄ちゃん」

声をかけると、玄は一度手を止め、生真面目《きまじめ》な顔でこちらに手を上げる。そうしてすぐにまた、鍬《くわ》で土を耕し始めた。

引きこもりで庭仕事の際くらいしか外に出ることがないのに、玄は、どんな時もアイロンをびしっと当てたシャツを着ている。それも柄物のシャツが多い。今日は遠目で分かりづらいが、白地に青とグレーの幾何学《きかがく》模様のあれだろう。何度か見たことがある。それにストライプのサスペンダーとツイード素材のパンツを合わせて、大きな麦わら帽をかぶり、土を耕す男。

桜士郎は、なんとなく帰り難《がた》くて、そのまま縁側に座り込んだ。すぐに猫の虎鉄《こてつ》が膝《ひざ》に上がり込んでくる。

庭の枝垂れ桜の花が終わり、柔らかそうな黄緑色の葉が増えてきた。日差しは暖かく、鳥の声も耳に心地よい。

桜士郎が夏樹と初めて会ったのも、今くらいの季節だった。

まだ十四歳だった。桜士郎は三月生まれで、夏樹は八月生まれ。中学三年が始まってしばらくして、転校生として、桜士郎のクラスに入ってきた。

女子が騒いでいた。男の桜士郎の目から見ても、夏樹は様子がいい少年だった。顔貌《かおかたち》が整っているだけではなく、髪はさらさらだし、目元が涼しく印象的で、身にまとう気配が独特だった。

そう、桜士郎からすれば、これほど綺麗な気をまとっているなんて、ということだ。

しかし、夏樹は誰とも交わろうとしなかった。最初は転校生に興味を持ったクラスメイトに話しかけられたりもしていたが、そのそっけない反応に幾人かが心を折られ、次第に孤立していった。

夏樹は、しかも、ちょくちょく学校を休んだ。クラスの誰に対しても一切の興味や関心がなく、単にそこにいるだけ。何かに苦しんでいる様子もないし、怒っている様子もない。休まなければ学校に来て、普通に授業を受け、休み時間はぼんやりと外を見ているか、ふらりとどこかへいなくなる。そんな感じ。成績は特に良いわけでも悪いわけでもなく、運動神経もいたって普通。その容姿と佇《たたず》まいのほかは、本当に特徴のない中学生だった。

馬鹿にしている。

そんな風に感じる者が出てきても仕方がない。後から夏樹に聞いたところ、そんなつもりは微塵《みじん》もなかったとのこと。ただ、と彼は言ったのだ。

「人の顔が覚えられないから仕方がなかった」と。

相貌失認《そうぼうしつにん》というものがある。失顔症《しつがんしょう》とも呼ばれ、脳障害の一種だ。先天的なものと、頭部損傷や脳腫瘍《のうしゅよう》が原因の後天的なものがあるらしい。当時、桜士郎なりに心配してその症状についてあれこれ調べた。脳腫瘍などが原因で手術で解決できる場合をのぞき、完治は難しいと知って心を痛めたりもした。

しかし結局、夏樹はその半年後には症状が改善していた。だから本当は相貌失認ではなかったのかもしれない。おそらくは思春期の心身の不調の一種だと、都内の病院では言われたらしい。ある朝突然歩けなくなったり、食べられなくなったりする人と同じで、時間や環境の変化が助けになる場合がある、と。

しかし転校してきた当初は、とにかく人の顔が覚えられなかったという。

それで一部の連中の反感を買った。女子にキャーキャー言われるほど容姿が優れていたのも気に食わなかったようだ。

目に見えて嫌がらせが始まったのは梅雨明けくらいからか。教科書に落書きをされたり、ものを隠されたりしていた。まあ、桜士郎も通った道だ。大声で嫌な言葉でいじられても、本人は涼しい顔をしているし、いじった方がバツが悪い感じになって、それで、どんどんと暴力的な虐《いじ》めの方へとエスカレートしていった。

何度か夏樹が頬を腫《は》らしたり、唇の横を切っているところを見た。

桜士郎は、助けてやれなかった。なぜなら桜士郎こそが学校という場所における異端児であり、誰もが桜士郎を避け、何を言っても誰に対しても影響力がなかったから。

事件が起きたのは夏休み前、ちょうど期末テストの時期だ。テストは午前中に終わり、みんなが帰り支度をしていた。その時、夏樹が音を立てて椅子から立ち上がった。いつもの彼らしくなかった。顔色が悪く、なにか思いつめた目をしていた。

夏樹は無言のまま、倒れた椅子を直そうともせずに教室を出ていった。クラスの目立つ男子数人の姿もなかった。桜士郎は、ぴんときて、夏樹を追ったのだ。

どうして追いかけたのだろう、と今でも時々考える。あんな大胆なこと、どうして自分にできたのか。

夏樹は体育館裏に呼び出されていたのだ。クラスで一番タチの悪い仲里《なかざと》という男子が、夏樹の鞄を手にしていた。

「返せ」

夏樹は詰め寄っていた。当然、男子たちは応じなかった。ゲラゲラ笑いながら鞄を投げ合い、足で踏みつけたりした。桜士郎は校舎の陰からその様子を見ていた。

すると夏樹が仲里の肩をどん、と押して、体育館の壁に押さえつけるようにした。そして何事かを仲里に言った。それで仲里は逆上して、夏樹の顔を殴った。夏樹は倒れ、ほかの男子ふたりが夏樹の両脇を押さえ、身動きがとれないようにした。仲里が獣めいた声をあげて、拳を大きく振りかぶる。その時には、桜士郎は走りだしていた。

「きぃえええええーーーー！」

奇声をあげて、走り寄り、ぎょっとしている一同の中に飛び込むと、仲里の前に仁王立ちした。

「今すぐに消えないとおまえを呪う！」

桜士郎は大声で叫び、ズボンの後ろポケットにたまたま忍ばせていた人形《ひとがた》に切り抜いた半紙を取り出し、仲里の顔面に押しつけた。

その人形は夏越《なごし》の祓《はらえ》という神事のために、少し前に祖母の命令で大量に作らされたものの余りだった。

当然、仲里は色めき立った。まとめて殺してやるとかなんとか叫んだ。桜士郎も負けじと怒鳴り返した。

「呪ってやる。冗談じゃないからな。俺んち神社だからいろんな呪いがあるんだからな。将来ハゲになる呪いとか、ここぞって時に漏《も》らしちまう呪いだってあるんだからな！」

精一杯目を見開き、ケーッケッケッとわざと甲高《かんだか》い声で笑うと、仲里の目に一瞬怯《おび》えが走った。それは実際に呪いが怖いというよりも、桜士郎のような人間は得体《えたい》が知れず気味が悪い、という本能のようなものだっただろう。

仲里の仲間のひとりが言った。桜士郎を怒らせたやつが昔、遠足前日に骨折したとか、家が火事になったとか。もちろん桜士郎が何かしたわけではないことばかりだったが、あえて否定しなかった。

やがて仲里やその仲間は、夏樹の鞄を放り出し、意味不明の捨て台詞《ぜりふ》を口々に言いながら、去っていった。夏樹は地面に倒れたままだったので、桜士郎は彼を助け起こした。鞄を拾い、渡してやった。

その時夏樹は初めて、桜士郎の顔をじっと見た。桜士郎は、怯《ひる》んだ。夏樹も当然のように、桜士郎を気味悪がるかと思ったのだ。

しかし夏樹は言った。

「ありがとう」

それからカバンの中から茶色の革のペンケースを取り出し、言ったのだ。

「これ、叔父さんがくれたんだよね。だからどうしても失《な》くしたくなかった」

桜士郎は神妙な顔で頷《うなず》いた。内心では嬉しくてしかたがなかった。お礼を言われたこと。自分の話も人の話も一切しない七堂夏樹が、プライベートなことを喋《しゃべ》ってくれたこと。

「渋いペンケースだな」

と褒《ほ》めた。白状すれば、その当時、桜士郎が使っていたのは、美少女戦士ウララがいつも身につけているウサギのぬいぐるみモモたんを模したペンケースだった。

それから一緒に下校した。それからは毎日一緒に下校するようになった。いつだったか、夏樹に聞いたことがある。なぜ桜士郎を受け入れてくれたのか。

夏樹は言った。

「おまえが面白い顔してたから？」

つまりこうだ。それまで相貌失認に似た症状を患《わずら》っていた夏樹だったが、桜士郎を判別できたことで仲良くなれた。そして徐々に、周りの人間の顔も区別できるようになったという。

あの頃からずっと、一緒にいる。

ちなみに夏樹との友情を育《はぐく》むきっかけをくれたクラスのワル仲里隼也《じゅんや》は、現在では桜士郎のサーファー友達のひとりで、たまに飲みにも行く仲だ。髪はふさふさで、七里ヶ浜の鎌倉プリンスホテル近くで人気のワインバーを経営し、もとミス湘南《しょうなん》の美女と結婚。可愛い女の子の双子が生まれたばかりである。

記憶の中の祖母は、いつも険《けわ》しい顔をしている。桜士郎はよく拝殿に正座させられて、蘭子や父が神事を行うのを見学させられた。

蘭子はもともと亀岡家の巫女《みこ》だったのだが、婿《むこ》養子にとった祖父が亡くなり、跡継ぎ息子が大人になるまで臨時で神事を執り行うようになった。

桜士郎は、祖母が怖かった。物心ついた時には境内の掃除をさせられていたし、休みの日も寝坊することなど許されなかった。神社のお勤め以外にも、私生活まで、うるさく干《かん》渉《しょう》した。観るテレビ番組や、遊ぶ友だち、習い事まで、すべて祖母の言いなりだった。

中学一年の時のことだ。夏樹と出会うより一年半ほど前。桜士郎にも年頃並みに反抗期が訪れていた。それまで祖母が怖くて言いなりになっていたのを、とうとうやめた。

　蘭子と激しい言い合いになった。理由は忘れもしない。蘭子が、桜士郎の大切にしていた完成したばかりのエヴァンゲリオン初号機DXを取り上げ、目の前で壊したからだ。蘭子によれば、アニメやおもちゃは害悪にしかならず、将来の亀岡神社の宮司にはふさわしくないということだった。

　桜士郎は覚えている。

「この、死にぞこないの皺《しわ》くちゃババア！」

と、生まれて初めて口汚く祖母をののしり、自宅母屋《おもや》の神棚に置いてあった瓶子を投げつけた。祖母は難なくそれを避けたが、瓶子は無残に割れてしまった。

　先日夏樹に直してもらったのはその時のプラモデルで、今日、持ち込んだのも、その時の瓶子だ。

　ふたつは、別々の場所から出てきた。どちらも蘭子が保管していたのだ。何やらいわくつきで簡単には捨てられない瓶子ならともかく、プラモデルを捨てずに取っておかれたのは意外だった。

　そして、夏樹は見事に直してくれた。それを再び手にした時、桜士郎は思ったのだ。もうそろそろ、本当に、祖母を許し、前に進むべき時期なのではないかと。

　権禰宜《ごんねぎ》としての朝は早く、毎日の朝拝の前に、境内の清掃にあたらなければならない。

去年までの桜士郎はサボりがちだったが、ここ数カ月は真面目に早起きしている。カラスが怖いからだけではない。

小笠原信夫の百度参りを、ちゃんと見届けたいからである。

それで今日も、四時半に目覚ましが鳴ると同時に、ベッドから起き上がった。二度寝を避けるために無理やり立ち、ぼんやりする頭を左右に激しく振ると、頰を自分でパンパンと強めに叩いて眠気を吹き飛ばした。

クリアになった視界にまず映ったのは、部屋の隅にひっそりと置いてあるスーツケースだ。中にはいくつかのフィギュアやコミック本、必要最低限の衣類が収められている。

まだまだ詰めなければいけない私物はあるはずな気がしていた。しかし、何をどう選べばいいのか思い悩んでいる。桜士郎のコレクションは多すぎ、お気に入りの中からさらに一軍を厳選するのは非常に神経が疲れる。

何を持っていくべきか。いや、何を捨てるべきか、決心がつかないのだ。

桜士郎はもう一度激しく頭を振った。それから急いで身支度を終え、外に出ると、箒を手に境内の掃除に取りかかった。

三十分ほど掃除をし、小さな枯葉一枚まで綺麗に掃き清めた頃。神社の裏手の石段から、ひょっこりと、見知った人物が現れた。

思いがけない時間に思いがけない友人が現れたので、桜士郎は驚いた。

「ましまし」

「おはよ」

眞白はにこりともせず挨拶をして、薄手のパーカのポケットに手を入れると、不安げな表情で周囲を見渡す。

「ばあちゃんなら、いない」

桜士郎が言うと、ホッとした顔をした。分かっている。ポケットに突っ込まれた手には、小豆《あずき》が握られていること。先日それをカラスに投げつけようとするのを阻止したばかりだ。

「また今日は早いな。こんな朝早くから行ったたって、夏樹はまだ寝てるんじゃね？」

桜士郎が言うと、眞白は肩をすくめるようにした。

「今日は七福堂じゃなくて、ここに用事があったの」

「俺に？」

「違う。あんたのおばあちゃん」

桜士郎は驚いた。てっきりあの大ガラスを怖がっているとばかり思っていた。

「どういうことだよ」

「うーん。ちょっと思うところがあってさ。桜士郎、よかったら一服しない？」

そう言って眞白は斜めがけした鞄をぽんぽん、と叩く。桜士郎は頷いた。

「五時二十七分までだったら付き合える」

「なに、その細かい時間設定」

「それは聞くな」

「ふうん。まあ、いいけど」

境内は基本、飲食禁止だ。そのため、鳥居より手前にひそかに設置している古びたベンチで休憩することにする。

そばには樹齢百年を超す銀杏《いちょう》や楓《かえで》の木もあり、紅葉のシーズンには割と人気の場所なのである。北鎌倉といえば建長寺《けんちょうじ》や円覚寺《えんがくじ》が有名で、花や紅葉を目当てに訪れる観光客も多いが、地元住民は案外こういった素朴で地味な場所で四季を愛《め》でている。

眞白が鞄から保温マグを取り出し、蓋兼コップに中身を注ぐ。どうやら熱い紅茶のようだ。ほら、と渡されて口に含むと、芳《かぐわ》しく甘い。

「日本茶じゃねーの、めずらしいな」

何しろ眞白は日本茶のスペシャリストだ。

「まあたまにはね。紅茶も好きだし、洋菓子も好きだから」

そう言って、自分はマグに直接口をつける。

「チョコレートもいる？」

「おお」

しばらくの間、無言で甘いものを食べ、飲んだ。

「そういえばさ、おまえ元気になったんだな」

桜士郎はふと言った。眞白は頷く。

「気が淀んでたんだっけ？」

「今はそんなことない」

「あんたのアドバイス通りにしたんだ。泣いてみたりした」

「そりゃいいや」

何に泣いたのかは聞かない。眞白は、自分のことを根掘り葉掘り聞かれるのを嫌がるから。

確かに今は表情もどことなくすっきりし、身にまとう気の色も濁りのないものに戻っている。詩織もそうだったらいいのに、と思い出し、また胸がちくちくと痛んだ。

眞白は昔から、とても綺麗な子だった。ちょっとこの辺にはなかなかいない美少女だった。漆黒《しっこく》の艶々《つやつや》の髪に白い肌、小さな顔に吊り目がちの瞳。でも小学生の頃は確か、ずっと髪をショートにしていて、服装もどちらかといえばボーイッシュで、中性的な感じだった。

小学校で二回くらい、同じクラスになっている。しかし、まったく接点はなかった。桜士郎は異端児だったし、眞白もクラスではどちらかといえばおとなしい子だった。

中学に入ってしばらくして、まず、男子が注目し始めた。眞白は髪を伸ばし、相変わらず無口で無愛想な感じだったのに、誰もが無視できないほど美しくなっていった。当時、友だちと呼べる同級生がまるでいなかった桜士郎の耳にも、花菱《はなびし》眞白がけっこう可愛いとか、アイドルみたいだとか、誰それが告白したのに振られたとか、噂が聞こえてくるようになった。また、そんな眞白に嫉妬した女子が、眞白の生まれについて、あることないこと言いふらしている、とも。

眞白が過去をどのようにして乗り越え、これほど清らかな佇まいを身につけたのか、桜士郎は詳しくは知らない。ただ、桜士郎の特性を嫌悪せず、ありのまま話を聞いていくれる彼女は、ひどく夏樹と似ている。どちらも人を型にはめないし、根っこの部分が優しすぎて、時々自分が苦しむはめになっている。

「まあ元気になってよかったぜ。月見の会の効果もあるよな」

「逆にあんたが元気がなくなったみたいで心配だよ」

さらりと眞白は言う。桜士郎は紅茶にむせた。

「なに、また振られでもしたの」

「お、おう」

「詩織さんだね」

詩織とは短い付き合いだったが、何度か眞白の店にも連れていったのだ。

「でも、それだけじゃないよね。少し前から、桜士郎、時々元気ない気がしてたよ」

眞白はたまに、妙に鋭い。桜士郎は適温になった紅茶を一気に飲んだ。体が温まり、甘い紅茶が染《し》み渡る。

元気がないと、いつもと違うと、気づかれるのは嫌だった。理由を説明するのは億劫《おっくう》だし、何よりかっこ悪い。それなのに、眞白が気づいていたと分かって、なんだか泣きそうだ。体の奥底がじんわりするのは、甘い飲み物のせいだけではない。

俺は本当に面倒くさい男だ。

「……俺たちくらいの年齢って、なんか、時々しんどいよな」

桜士郎はぽつりとつぶやく。

「ずっと能天気に、自分が好きなことだけしていたいのに、それだと駄目みたいに言われたり、自分でも罪悪感抱いたりよ」

「確かにね。わたしも夏樹も、桜士郎も、好きに生きているようで、実は不自由だ」

眞白はひとつ大きく息を吐いた。

「わたしは店が生きがいだけど、この先の自分の人生まるっと懸《か》けられるかまだ自信ない」

桜士郎が不自由なのは、生まれつき神社の跡取りになることが決まっているからだ。気ままにサーフィンをして、女の子と遊び、この先もずっとそれが許されるような気がしたとしても、それは違う。

「それでも、ましましは菓子作りも茶の店もやめるつもりはないだろ」

「今のところはね」

「地元から、出ていくつもりもないだろ」

「考えたことはあるよ。でも……わたしは、ここが好きなんだよ」

「まあ、そうだよな」

　観光名所としてだけではなく、鎌倉一帯は魅力的な場所だ。何しろ山も海もあるのだ。だからだろうか。光と、美しい色に溢《あふ》れている。切通《きりどお》しで隔《へだ》てられた山々が重なり合う色合い、多種多様な花で知る季節、時間ごとに変化してゆく海と空の色。潮風と薫風《くんぷう》、その空気。受け継がれてきた伝統と人の思い。

　北鎌倉はその中でも別格だ。一見ひなびた小さな駅に降り立てば、すぐそこは円覚寺で、近隣は深い緑の森に包まれている。谷戸《やと》の地形に点在する数多くの禅寺《ぜんでら》に、リスや野鳥が当たり前に棲息《せいそく》する名もない小径《こみち》。桜士郎は神社の息子だが、有名無名かかわらず寺院にも畏敬《いけい》の念を抱いている。建長寺の巨大な山門、樹齢の長いビャクシンの巨樹。東慶寺《とうけいじ》の梅、浄智寺《じょうちじ》の古びた石段、明月院《めいげついん》の紫陽花《あじさい》は言うに及ばず、石組みの庭園に咲き誇る花菖蒲《はなしょうぶ》。そんな緑や花を存分に堪能《たんのう》できる隠れ家的なカフェやレストランも多い。もちろん、眞白が経営する「雪華紋《せっかもん》」もそのひとつだ。

　古い神社仏閣はそのまま時を止め、伝統は守られる。新しいものは店、人、アートと多岐にわたり、寛容に受け入れられる。新旧あらゆる要素がそこかしこにあって渾然《こんぜん》としながら、なお北鎌倉は変わらない。

「桜士郎は？　ここ以外のどこかに住みたいと思ったことあるの？」

眞白に問われ、頭の中に、部屋の隅に置いたままのあのスーツケースが浮かんだ。

続いて、十日ほど前に見た、色彩豊かな海の夢を思い出した。単なる夢ではない。あれは過去に、実際にあったことだ。

「俺さ、昔一度だけ、ばあちゃんと大喧嘩をしたんだ。エヴァ壊されて、仕返しに瓶子を投げつけて、家出したんだぜ」

「なかなかやるじゃない。どこまで家出したの」

「名古屋《なごや》」

えっ、と眞白は驚いた様子だ。

「けっこう遠くまで行ったね」

「本当はそのまま博多《はかた》あたりまで行こうと思ったんだ。でも名古屋で心細くなって、新幹線降りちまって。どうすることもできなくて、帰るのもしゃくだし、ずっとみどりの窓口のベンチに座ってた」

そうしたら、蘭子が現れたのだ。桜士郎は非常に驚いた。絶句している桜士郎を蘭子はじろりと睨みつけ、

『皺くちゃババア参上』

と言った。冗談にしては顔が本当に怖かった。ちびるかと思った。

蘭子は隣に座り、そのまま十五分くらいお互いに無言でいた。

しかし蘭子がついに口を開いた。

『おまえは他所《よそ》では生きにくい』

『神職にあれば、おまえは誰かを幸せに導くことができる。他所では、変人扱いされる』

それからすっと立ち、桜士郎を振り向いて言った。

『帰るよ』

桜士郎はまだふてくされていたが、仕方なく、蘭子と一緒に北鎌倉まで戻ってきた。帰りの電車の中では一言も口を利かなかった。ただただ、惨《みじ》めな気持ちでいっぱいだった。

それでも。

「ばあちゃんと一緒に戻ってきた時、もう夜中になってて……その日は満月だったんだ」

月の光が、相模湾に幻想的な光を投げかけていた。波間がキラキラと光り、寄せては返す波の動きに光が溢れ、ところどころで白波が楽しく踊っているようだった。

「目に映るものすべてが、お帰りって、言ってくれているみたいだった」

「安心したのかもね」

「そうだと思う」

それからずっとここにいる。しかし、夏樹にも眞白にもまだ言っていないことがある。

「それにしてもあんたのおばあちゃん、よく、孫の行き先が分かったね」

「あー、携帯だよ」

後から知ったのだが、中学に上がった時に買ってもらった桜士郎の携帯にはＧＰＳ機能がついていたのだ。

「さっすが、抜かりなし」

ほんとだぜ、と桜士郎は苦笑する。

「俺さあ、ばあちゃん、どっちも捨てたと思ってたんだぜ。瓶子も、エヴァも」

「おばあちゃんなりに、申し訳なく思っていたんだよ」

そうだろうか。悪いと思いつつ、プライドが高すぎて、孫に謝るなんてできなかったのだろうか。

「でも、瓶子を取っておいたのはどうして？」

「それがいわくつきの瓶子だったみたいでよ。赤ん坊の泣き声がするんだ」

「うわあ。あんたそれも、夏樹のところに頼んだの」

「捨てずに取っておいたのは、いつか直してほしかったからじゃないかって」

眞白はうんうん、と頷いて、鞄から小さな紙袋を取り出した。

「実家行ったのか」

紙袋は、菓子店「はなびし」のものだ。

「清彦《きよひこ》さんが好きだった最中《もなか》、おばあちゃんにあげて」

桜士郎はきょとんとした。

「てっきり今日も豆をぶつける気満々なのかと」

「豆はやめた」

眞白はパーカーのポケットをひっくり返してみせる。確かに何も入っていない。

「清彦さんの好物で懐柔《かいじゅう》する」

「でもカラスは最中なんて食うかな」

「カラスじゃなくてあんたのおばあちゃんなんでしょ」

「でも今はカラスだから、肉とかのほうが……」

「そうか」

眞白は真剣な顔で思案する。

「じゃあ次は鶏肉でも持ってくるか」

「おう」

そんな会話をして、眞白は去っていく。本当に最中を持ってくるのが目的だったようだ。

しかし、しばらくして振り返った。

「あのさ、桜士郎。そのまま好きなことをしていてもいいんだと思うよ」

桜士郎は眞白を凝視《ぎょうし》する。常に姿勢正しく、愛想笑いのひとつも浮かべない幼馴染《おさななじ》みは、まっすぐに桜士郎を見つめ、言った。

「結局、どんな道を通っても、何をしていても、自分の中の問題と折り合いをつける日は来るんだから。だったら少しでも好きなことをしておいたほうがいい」

桜士郎が返事をする前に、眞白はじゃあね、と踵《きびす》を返し、帰っていった。腕時計を見ると、五時二十五分。五分後、きっかり五時半ちょうどに、小笠原信夫がやってくる。その短い時間、桜士郎は半年前の出来事を思い出していた。

桜士郎は、高校卒業後、神道《しんとう》文化学部がある國學院《こくがくいん》大学に進んだ。神職に就くためには神職養成機関で必要資格を取得し、神務実習を受けなければならないからだ。その時は蘭子も他界していて、両親に進路を強要されたわけではなかった。

それでも四年間通った。社家《しゃけ》の出身という身分に甘んじず、ほかの学生たちと実習に参加した。両親は喜んでくれたが、桜士郎はどこかで納得していなかった。

実家に住み、権禰宜として必要最低限の務めを果たしながら、決して熱心ではなく、神職と真逆のイメージの遊びばかりした。髪は蘭子の葬儀の翌日から今にいたるまでずっと金髪だし、暇さえあれば稲村ヶ崎や鎌倉高校前で波に乗っている。

両親は好きにさせてくれているが、氏子のほとんどは桜士郎に会うと困ったように笑う。

まあこのナリだから仕方がない、と考えていたのだが、ある日、忘れられない出来事があった。

それが半年前だ。

午前中の日供と掃除を終え、社務所《しやむしよ》で雑務をこなしていた時のことだった。神社の仕事は基本的な清掃のほか、パソコンでの名簿管理に始まり、御札やお守りの奉製《ほうせい》など、細々とした裏方的なものが数えきれないほどある。

その作業を始めてすぐに、睡魔に襲われ、奥の小部屋で昼寝をすることにした。うとうととまどろんでいると、父の豪介《ごうすけ》と、氏子の中でも旧家出身の堀田篤郎《ほったあつろう》が入ってきて、桜士郎に気づかずに会話を始めた。

堀田篤郎は御年《おんとし》七十五歳の、氏子総代を務める人だ。北鎌倉で代々酒店を営んでいる。氏子総代は宮司に協力し祭りなどの神事にも積極的に関わり、人格者として尊敬される。堀田は温厚な人柄で、地域のために労を惜しまず、あの他人に厳しい蘭子でさえ、一目《いちもく》置くほどの人物だった。

桜士郎は、彼を堀田のオジと呼び、幼い頃から慕《した》っていた。堀田の方も実の孫のように桜士郎を可愛がってくれて、蘭子に叱《しか》られて泣いている桜士郎を庇《かば》って慰《なぐさ》めてくれたこともあったし、釣りに連れていってくれたり、自転車の補助輪を外す練習に付き合ってくれたのも彼だった。

成長しても、桜士郎は時折、堀田の店に顔を出した。堀田はとても喜んでくれ、行くたびに店の高価な酒なども惜しげもなくくれるので、申し訳ないなあと思いながらも、桜士郎は彼に甘えてしまっていた。

「それで、次代の話だが、少しは前向きに考えてくれましたかね」

堀田はそう切り出した。豪介の方は言葉を選ぶようにして答えた。

「賀川《かがわ》さんのところのご子息は、まだ大学に入ったばかりでしょう。いきなりそんな話をするのは気が早すぎます」

「いやあ、そうかもしれませんが。社家の子息でない者は婿に最適だから、在学中に早々にお話があるもんですよ。今からお願いして将来の約束を取りつけておいたほうが、亀岡神社も安泰《あんたい》ではないですか」

桜士郎は横になったままの姿勢で、息を呑んだ。賀川というのは、親戚の家の名だ。その次男が桜士郎の母校の神道文化学部に進んだという話は聞いていた。堀田の言う通り、実家が社家ではない（神社ではない）のに神道系の学科にいる男子は、婿候補として人気が高い。男子に恵まれなかった社家の娘が、婿探しのためだけに神道系の学科に進まされたという話も実際に聞いたことがある。

つまり、薄い壁の向こうでは、亀岡神社の次代の宮司について話し合われているということだ。

豪介は静かな、しかしきっぱりとした口調で言った。

「うちには桜士郎がおりますから」

するとと堀田は苦笑交じりに言った。

「桜ちゃんは、自由にさせてやったらどうですかねえ」

「自由にはさせてますよ」

「いや、桜ちゃんは、ほかに進みたい道があるんではないですか。蘭子さんが強い期待をかけていたのは氏子全員が知っとります。しかしわたしは、あの子が昔から不憫《ふびん》でならなかった。あの子は本当に優しいから。ご両親やお祖母《ばあ》様の期待を自分から裏切るなんてできないでしょう。でも、今は昔とは違います。若者は、本当にやりたいことをやるべきじゃないですかねえ。桜ちゃんのためにも、亀岡神社のためにも。宮司は志ある者が継ぐべきです」

桜士郎は横になったまま、胸を押さえた。苦しかった。オジ、オジと懐《なつ》いていた堀田の言葉が。

堀田は桜士郎のためを思って言っている。それは分かった。亀岡神社のためを思って氏子総代として言っている。それも理解できた。

しかし、衝撃を受けていた。考えたことがなかったからだ。父親の後を継ぐ可能性のある者が、ほかにいることを。

神職に真面目に向き合わず、逃げてばかりいるから、言われてしまったのだ。高校生からずっと髪を染め、神職の資格試験を受けて合格し、神社本庁に登録が済んだ後も生活を改めなかった。重大な神事は表立って手伝わず、掃除や雑務を適当にこなし、給料をもらい続けた。両親が甘いのをいいことに、そのほとんどは海での遊びや、趣味のアニメグッズやコミックスの大人買い、オークションでの落札代金などに潰《つい》えた。

それがとうとう、氏子総代に見限られたのだ。と、そう思う一方で——確かに、気持ちが楽になるのも感じた。

堀田のオジは、桜士郎の幸せも考えてくれている。では自分の幸せとはなんなのだろう。覚悟が決まらないまま、神社を継ぐことなのか。そうではなく、すべてを捨てて、まったく新しい何かを始めてみることなのか。

その答えが明確に得られぬまま、その夜、荷造りを始めた。部屋の中のものをひとつひとつ手に取り、持っていくもの、捨てていくものを考える作業を始めた。

鎌倉を去り、神職とは違う仕事に就く。

それが、まだ夏樹にも眞白にも言えていないことなのだ。

詩織に振られるより前から……もっと言えば、出会うより前に、すでに決めていたことだ。あのスーツケースは、だから、かれこれ半年は部屋に置いたままなのだ。少しずつお気に入りを厳選し、やっぱり違うと思い直して中身を入れ替え、ある時期は放置し、またひっくり返して選び直す。そんなことをずっと続けてきた。

しかし、そんな日々ももうすぐ終わる。詩織に振られたのも、桜士郎にとっては、ある意味タイミングが良かった。結婚をしない以上、一緒に連れていくことはできないし、同意も得られなかっただろう。

今こそ、蘭子に家出を阻止されたあの時より、もっと遠くに行くのだ。場所は石垣島《いしがきじま》あたりがいいだろう。もちろん今度は新幹線ではなく、飛行機を使う。そして現地でアルバイトをしながら生活し、自由気ままに海で波とたわむれる。波乗りのことだけを考えれば別の地がいいかもしれないが、できるだけ遠くへ行きたい。石垣島に馴染めなかったら、その時はハワイでもいい。両親は悲しむだろうが、これは仕方のないことなのだ。堀田のオジの言う通り、神社の息子だからといって、霊感が人より強いからといって、宮司にならねばならない理由などない。

しかし、その前にどうしても、見届けておきたいことがあった。

今日も昨日もその前も、桜士郎は早起きを続けている。父よりも母よりも先に起き、境内の掃除から始めている。うっかり寝坊したとしても、五時半までには必ず参道に出るようにしている。

眞白が去ってから、きっかり五分後、五時半ちょうど。今日も彼はやってきた。

「おはようございます、桜士郎君」

鳥居の手前で小笠原信夫は挨拶し、深々と頭を下げた。桜士郎も箒を手にしたまま、同じように彼に頭を下げる。

「おはようございます、小笠原さん。いよいよ、今日で百日目ですね」

今から三カ月ほど前。季節は冬の終わり、梅の蕾がかすかにほころび始める頃。彼がやってきた。

その朝、桜士郎はやはり四時半に目覚ましをかけていた。いつもなら目覚ましが鳴っても二度寝をしていたが、なぜかこの日はすっきりと目が覚めた。そのためしぶしぶ起き出して、顔を洗い、装束に着替えた。

ぼんやりと境内の掃き掃除をしていると、朝靄の向こうから、小さな人影が近寄ってくることに気づいた。

その人物は、顔は分からないが、中肉中背の男のようだった。鳥居の向こうでいったん立ち止まり、じっとこちらを見ている。

もしかしてヤバいやつかな、と桜士郎は身を固くした。霊感が強いからといって心臓に毛が生えているわけではない。いやむしろ、恐怖と戦い続けている。

悪いモノなら、鳥居からこちらへは入ってこられない。しかし、その人物は鳥居を見上げたのち、深々とお辞儀をひとつし、ひょい、と境界線をまたぐようにして難なく内側に入ってきた。

さらに近くまで来ると、ちゃんと人間であることが分かり、桜士郎はホッとした。特にこれといって特徴のない中年の男性だった。地味な色のズボンにくたびれた感じのダウンジャケットを羽織っていた。

彼が小笠原信夫その人だった。

氏子ではなく、面識はなかったので、お互いに軽く頭を下げて会釈《えしゃく》だけした。

彼は手水舎《ちょうずや》で手を清めた後、参道の端を歩いて拝殿に向かった。おや、と桜士郎は意外に思った。鈴を鳴らし、二礼二拍手。一連の参拝の動きは作法に叶《かな》ったものである。こんな早朝にやってくるから、てっきり賽銭《さいせん》泥棒かと疑ったりして悪かった。桜士郎は安心し、再び掃き掃除に専念した。

鎮守《ちんじゅ》の杜《もり》とまではいかなくても、それなりに樹齢の長い木々に周りを囲まれている境内は、常に落ち葉との闘いである。特に鳥居から拝殿までの参道には、落ち葉一枚、ゴミひとつ落ちていてはならないと、蘭子から口を酸っぱくして言いつけられていた。

「あの、すみません」

再び、彼が声をかけてきた。帰る際も挨拶するのか、と思ったがどうやら違う。真剣な顔をしてこう言った。

「今から百度参りをさせていただきたいのですが、ご迷惑にならないでしょうか」

「百度参り、ですか？」

桜士郎は正直驚いた。確かに神社境内にはそのための石がある。だが、実際に使用されているところを見たことがなかった。

それでも彼を百度石のところまで案内した。鳥居の横に、ひっそりと、苔とつつじの生け垣に埋もれるようにして存在する石だ。

信夫は、そこで初めて名乗った。二十年ほど前まで、このあたりに住んでいたが、仕事で大阪《おおさか》に行っており、早期退職で戻ってきたのだという。

「ひょっとして小笠原さんのところの……」

氏子に同じ名字の旧家がある。老夫婦が暮らしているはずだった。

「ああ、そこの長男です。自宅は、今は藤沢《ふじさわ》なんですが、百度参りの間だけ、実家に厄介になる予定です」

信夫は、百度参りするなら今くらいの時間か、深夜か、どちらがいいかと桜士郎に尋《たず》ねた。百度参りは人に見られてはならないわけではないが、やはり、心情的にはひっそりと行いたいものだろう。

「朝のほうがいいかもしれないっす。この時間はまだ朝拝前で、誰も来ないんで」

百度参りのためには、なにか目印になるものを石に置く必要がなかったか。信夫に聞くと、小銭を百枚用意し、お参りのたびに賽銭箱に入れて目安にしたいという。もちろん桜士郎は了承した。話がまとまると、信夫は早速始めますと言い、靴と靴下を脱いだ。

「は、裸足《はだし》で？」

桜士郎が驚いて聞くと、信夫はただ、にこりと笑った。作法は神社によって違う。裸足でやるべしとされているところもあるが、亀岡神社ではどうなのだろう。

百度参りの歴史は古く、鎌倉時代初期には行われていたと、歴史書『吾妻鏡《あづまかがみ》』に記されている。関連した書物をいろいろと調べたが、明確な決まりは少ないようだった。百度のお参りを一日でする場合と、百日連続して行う場合があり、百日で行う時は途中で一日も休んではならない。また、お参りの最中は口を利いてはならない。ただ、絶対に裸足でなければいけないわけではない。そのことを信夫に伝えてみたが、彼は静かに微笑み、そうですか、とだけ言って、やっぱり裸足でお参りをするのだった。雨の日も、小雪がちらつく寒い朝も。

静かなのに、何かを強く思っている男の気配が、桜士郎は気になって、つい、毎朝必ず見守るようになってしまった。

数を数えるのに小銭だけでは心もとないだろうと思い、ほかの神社の作法を調べて、百度参りにちょうどいい木製の札を手作りし、番号を振って、信夫が使えるようにもしたのだった。

あれから、三カ月と少し。

小笠原信夫の百度参りは、今日が最終日だ。季節は冬の終わりから春を経《へ》て、初夏になっている。百度石の周りのつつじも色鮮やかに開花した。

信夫はいつもと同じ五時半に現れて、鳥居の前で一礼し、百度石の前で靴を脱いだ。それから、手水舎で手を清め、拝殿に向かう。鈴を静かに鳴らし、二礼、二拍手、一礼。いつもより気持ち長めにお祈りをして、参拝を終える。桜士郎はその様子を、参道の掃き掃除をしながら見守った。

最近では、信夫のお参りが済んだら、鳥居の外の例のベンチで一緒に缶コーヒーを飲むようになっていた。神社の入り口には自販機があるのだ。蘭子が生きていたら猛反対しただろうが、父はそのへん融通《ゆうずう》がきく。

「百日、ご苦労さまでした」

いつもは信夫がおごってくれるのだが、今日は桜士郎が缶コーヒーを買って手渡した。信夫は恐縮した様子でそれを受け取る。自分の分は買わなかった。眞白が持参した紅茶を、先程たくさん飲んだばかりだ。

信夫とは、百日、毎朝まいあさ、顔を合わせていたことになるが、たいした話をするわけでもなかった。毎日の天気や、地域の花の開花情報や、地元で本当に美味い蕎麦《そば》屋はどこかといった意見交換や、好きな車の話。家族の話は出なかった。それがこの日、信夫はぽつりとつぶやくように言った。

「桜士郎君は、とうとう聞かなかったですね。僕が百度参りで何をお願いにあがっていたのか」

はあ、と桜士郎は頷く。本当はものすごく気になって、聞きたくてたまらなかったのだが、控えてきた。信夫の様子がいつも真剣で、自分の興味本位で探ったりなどしてはならないと思ったからだ。

「小笠原さん、百日間は長かったですか」

「さすがにねえ」

ここに至るまでには、当然、大雨の日もあった。春の風が強い日もあった。しかし信夫は毎朝欠かさずやってきた。桜士郎も謎の使命感を感じ、ずっと付き合ってきた。

「何度も途中でやめてしまおうかと思いました。でも、桜士郎君を失望させたくなくてねえ」

これには桜士郎は大いに驚いた。

「え、俺が失望するって思ったんすか?」

それはとんでもない誤解だ。

「失望なんてしないっす。俺こそ、亀岡神社の不肖の息子なんすから。近所でも評判でしょ」

信夫は柔らかく笑う。

「ああ、聞きましたねえ。亀岡さんの未来の若宮司は髪を個性的な色に染めて、御幣《ごへい》ではなくサーフボードを手に稲村ヶ崎に日参されている」

「わあ、やっぱり」

桜士郎は苦笑し、鼻の頭を指でかいた。

「でも、不肖の息子なんかじゃないと思いますよ。お父さんは、君が自慢でしょう」

桜士郎は目を見張った。

「ええー？　いや、そんなことはないと思うなあ」

「そうですか？」

「父は、できれば俺にもうちょっと真面目に神事に向き合ってほしいと思ってるんすよ。でも、重要な神事には、俺は顔を出しません。氏子さんにも申し訳ないし」

そこで堀田のオジの顔が浮かぶ。きっとたくさん、心配をかけさせた。可愛がってもらったのに、申し訳ないことをした。

「真面目に向き合っているじゃないですか」

「え？」

「僕みたいな、冴《さ》えない中年男の百度参りに、毎朝欠かさずに付き合ってくれたじゃないですか。しかも、僕よりずっと早くに出てこられて、掃除なさって」

「いや、そのう……小笠原さん、裸足でお参りするもんで」

枯れ枝やゴミ、小石で怪我をしないように。滅多《めった》にないことだが、かつて、なぜか古釘やガラス片が落ちていたこともあって、油断できないと思っていた。

「ほら、向き合ってらっしゃる。随分《ずいぶん》前に聞いたことがあります。神職をされている方の一番のお仕事は、穢れを祓い、清めることだと」

「はあ、それは、そうっす」

神域を清め、参拝者と神との間の意思疎通に障害が出ないようにする。床を拭き、柱や手すりを拭き、チリひとつ残らないように掃き清める。毎日、まいにち、日曜日も休日も関係ない。

「桜士郎君に、お願いがあるんです」

「なんでしょう」

「百度参りが終わったら、山ノ内《やまのうち》の古い実家を取り壊して、新しく家を建てようと思っています」

「新築ですか。いいっすね」

「築七十年くらい経っていて、床下も配管もぼろぼろでね。実は、両親も高齢なので、高齢者向け施設に入ろうかという話が出ていて、その相談と生前の資産整理のためにこっちに来たんです。実家の土地や家屋を、売ろうかどうしようか迷っていました。でも、百度参りで滞在するうちに、やはりここに戻ってきたいと」

「その気持ちは……わかります」

満月が照らし出した相模湾。散らばった黄金の光。

結局ここに戻ってきた。鎌倉の、この地の、風景や空気や匂い、大切な友人たちに呼び戻されるように。

でもそれを、桜士郎は再び捨てようとしている。隣に座る小笠原信夫の百度参りを見届けたら。夏樹に言って、眞白や玄にも言って、両親にも言って、堀田のオジにも挨拶をして。ああそうだ、時折現れるあの大きなカラスにも。

信夫が家を建て直す時、桜士郎はここにはいないだろう。それを今、彼に告げる必要もない。

しかし。

「地鎮祭《じちんさい》を、亀岡さんにお願いしたいんです」

と、信夫は言った。

「それで、桜士郎君、君にお祓いをお願いしたい」

桜士郎は、絶句した。

数秒、固まったまま、正面を見ていた。やがて恐る恐る、目だけを動かして、隣に座る信夫を見る。

「本気ですか？　でも、こんな頭で……」

「見た目は関係ありませんよ。君ほどここにふさわしい人はいない」

「な、なぜそう思うんすか」

「三カ月と少し前、僕がここに来た時」

　信夫は目を細めた。

「僕は、胸のうちによくない気持ちを溜め込んでいました。桜士郎君は、それに気づいたでしょう」

　確かに。

　初めて鳥居の向こうから彼が現れた時、桜士郎は、悪い霊が現れたのかと思った。

「実はずっと、こちらの神様を恨んでいたんですよ」

「え」

　そんなことを口にしながら、信夫の口調は穏やかだ。

「僕はここが地元なもんで、自分のお宮参りも、七五三も、亀岡さんでした。まあ家が氏子でしたからね。大学受験の合格祈願も、八幡《はちまん》様ではなくて、こちらにさせてもらった。結婚式もこちらでしました」

「神前結婚式を」

「二十五年前になりますか。執り行ってくれたのは、あなたの父上だ。あなたはまだほんの幼い子どもだった」

その頃には拝殿で正座などさせられていたはずだ。もしかしたら、彼の結婚式も見たのかもしれない。

信夫は穏やかに話し続ける。

「角隠しをした妻がどれほど美しかったか、奏上された幸運祈願の祝詞がいかに神聖に聞こえたか、今でも覚えています」

「それなら、なぜ」

神様を恨むなんて、桜士郎は考えたこともない。霊感が強く、時々不思議な体験をする桜士郎でも、さすがに神様そのものは見たことはない。だから神様は身近なようで、とても遠い存在でもあった。家業に一番大きな存在感を示しながら、実体はなく、神殿の奥で木箱に納められている布切れが依代《よりしろ》とされ、もはや「いる」「いない」と考えることもなかった。だからこそ、逆に、どれほどついていないことがあっても、「恨む」ことにはならないとも言える。

「離婚をしましてね」

信夫は白状するように言った。

「お恥ずかしい話、こちらで結婚式をあげてもらって、たった五年後です。原因は……まあ、いろいろあるんですが、突き詰めて言えば、性格の不一致だった、というところです」

桜士郎は黙り込んだ。信彦は缶コーヒーをすすり、静かに続ける。

「ああ、分かっちゃいたんですよ。神様のせいでもなんでもない。めぐり合わせや、縁や……根本的には、自分自身にこそ原因がある。僕自身がまず、妻を思いやれなかった。特別な時だけじゃなくて、日常の小さな身勝手が、彼女を遠ざけてしまったんだと。でも、だからこそ、神様のせいにしたんですよ。そうでもしないと、相手を強く責めてしまいそうだったから」

「……そんなことが」

神事の中でも結婚式が好きだと、夏樹に言ったのはつい先日のことだ。世の中の離婚率からすると、別にめずらしいことでもなんでもないのに、この神社で式を執り行なった夫婦が、その後別れることもあるなんて、桜士郎は考えたこともなかった。

「神社も、鎌倉という土地自体も、すべてが苦い思い出に結びついて、どうにもならなくなってここを去ったんです。でも、二十年ぶりに帰ってきてみて、すごく驚いた」

信彦は空を仰ぎ、目を細めた。

「あまりにも、ここが変わらなくて。あの百度石も、そのままで。小さなひび割れ一つ、変わっていなくてね」

そういえばけっこうひび割れが目立っている。

「戻ってきて、百度参りをする気になったのはどうして……」

　桜士郎は、はっと口をつぐんだ。つい、自分から聞いてしまった。信夫は鳥居の向こうを見やって、つぶやくように言う。

「お陰様で、今日、無事に、百度参りが終わりました。神様だけじゃなく、桜士郎君にも、聞いてもらっていいですかね」

「い、いいんすか」

　信夫は頷き、それから言った。

「息子がおりまして。その子が、今年、大学を卒業して社会人になったんです」

「その息子さんは、ええと……」

「別れた妻との間の子です。その子のお宮参りも、亀岡さんでやりました」

　それは確かに、縁が深い。

　信夫は目を細めてまた拝殿の方を見やる。

「二歳で妻に引き取られて、二十年ですか。遠く離れて暮らしていたもので、年に一度会えればいい方でしたかね。それも年々、息子の方が僕には会いたがらなくなって、ここ十年は会っていません。だから、父親らしいことは、何もしていない。せめてと、養育費だけはちゃんとしていたんです。元妻が再婚後は、教育費を負担しました。大学四年の後期授業料を、昨年秋に払い終えて……じゃあ、ほかに、僕が父親としてできることは、なんだろうと考えましてね」

百度参りとは、自分以外の誰かの幸福を願うものだ。病気の治癒《ちゆ》祈願や、受験の合格祈願。信夫はそれ以上、詳細を語らないが、隣に座るこの男性が、別れた息子の巣立ちにあたり、より良い未来をと願ったのは間違いない。

百日間かけて。

「健康で、幸福であってほしいんですよ。社会に出たら、いろんなことが起こるでしょう。良い時ばかりじゃないじゃないですか。そんな時、神様が、ほんの少しだけ息子に力を貸してくれたらいいなと思って」

二十年。その長い年月を、桜士郎も思った。

「……神様を恨んでいたはずが、結局また、お願いしに来たんです。都合がいいですね」

「それでいいっす」

桜士郎は言った。

「守りたい人がいるから、神様が必要になるっす。普段は忘れていてもいい。困った時の神頼みでオッケーです。うちの神様は、そういうの、ちゃんと分かってるんで」

これを聞いて、信夫は、ははは、と声を出して笑った。

「桜士郎君が言うと、本当に大丈夫な気がするなあ」

「へへ、そうっすか」

信夫は一度目を閉じて、ああ、と言った。

「今日もいい天気になりそうだ」

木漏《こも》れ日が金色の光をまとって、ベンチの上に降り注ぐ。あちらこちらで、雨戸を開ける音がして、ようやく世間の朝が始まったことを告げている。

「桜士郎君」

「はい」

「僕はねえ、いつの間にか、神様だけじゃなくて、君にも会いに来ていたような気がしていますよ。雨の日も、風の日も、君が待っていてくれていると思うと、よし、行こうって。だから、君のおかげです。百日、続けさせてくれて、本当にありがとう」

桜士郎はなんと言っていいのか分からず、ただ、口の中でうにょうにょ言った。いや、俺なんて、俺なんて……。

「だから、お願いしますよ。地鎮祭、君にやってもらいたいんです」

桜士郎は、まっすぐに信夫を見た。こんな風に、他人に信頼されたことが、かつてあっただろうか。

でも、俺は、この百度参りを見届けたら、ここを去るつもりで……。

(わたしはあの子が昔から不憫だった)

堀田のオジの言葉を思い出す。

ああ、そうか。そうなんだな。俺は、かわいそうだと、哀れんでほしかったんじゃないんだ。

大丈夫だと、言ってほしかったんだ。

今、横にいる、小笠原信夫のように。

長いあいだ好き勝手なことをして、氏子を不安にさせた責任は確かに桜士郎にある。それでも、言ってほしかった。おまえの居場所も、やるべきことも、すべてはここにあると。

黙り込んだ桜士郎の代わりのように、どこかでカラスが高い声で鳴いた。そうだ。蘭子だって、言ったではないか。

(神職にあれば、おまえは誰かを幸せに導くことができる)

信夫が立つ。桜士郎に向かって、深々と頭を下げる。だから桜士郎も、つられるように立ち上がり、同じように頭を下げたのだった。

「……精一杯、務めさせていただきます」


「桜士郎。おまえ、あの割れた瓶子、七堂さんのところに持っていったのか」

その日、いつもの朝拝が終わり、引き続き外の清掃に出ようとしていた桜士郎は、父の豪介に呼び止められてそう問われた。

「持ってったよ。なんか処分しない方に分類されてたし」

赤ん坊の泣き声はするし。

すると豪介は言った。

「わたしもおまえに持っていかせようと思っていたから、ちょうど良かったよ」

桜士郎は頷き、声を潜《ひそ》めた。

「なあ、あれ、霊憑《つ》きだったんだろ？」

「霊？　いやあ、わたしは何も感じなかったが」

豪介はからからと笑う。そうだった。この父は何かを聞いたり、見たりする方ではない。

そこのあたりは夏樹と似ている。

「じゃあ、なんで」

「おばあちゃんの桐箱《きりばこ》に取ってあるものは、全部、いわくつきっちゃーいわくつきだ。捨てることもできないし、祓うこともできないし、使うこともできない」

俺のエヴァもな、と桜士郎は苦笑する。

「でも欠けた瓶子を取っておくなんて、ばあちゃんらしくないな。なんか特別なやつだったの」

「おまえの百日祝いの時のだ」

なんでもないことのように豪介は言って、桜士郎を驚かせる。

「え、ええ？」

「小さく紋が入ってただろう」

いや、見ていない。というより、赤ん坊の泣き声にばかり気を取られて……赤ん坊。

「もしかして、俺、よく泣く赤ん坊だった？」

「おー、そりゃもう」

豪介は懐かしそうに目尻に皺を寄せた。

「夜泣きどころか、日中でもちょっと風に当たっただけで火が点《つ》いたみたいに泣いて、母さんはおまえを医者に診《み》せたり、疳《かん》の虫が悪さしているのかもと疑ってそれに効く薬を飲ませたりしたな。まあどれも効かなかった」

「ああ、そうなんだ……」

「それが百日祝いの時に、おばあちゃんが祝詞をあげたら、ぴたりと泣き止《や》んだんだ。それからは、あまりひっきりなしに泣き続けることはなくなった」

「じゃあ割れた瓶子を直しもせず取っといたのは……」

「自分で壊したものは、自分で直しに出せってことだろうよ。おばあちゃんのことだから」

ああ、そうかもしれない。

桜士郎は、目を閉じる。ふと頭に御幣が触れた気がした。目を開けると、新緑の眩しい光が飛び込んでくる。

豪介の話によると、母の佳代子《かよこ》は桜士郎があまりに泣くのでノイローゼになったほどだったそうだ。この子はどこかおかしい、とまで言いだした。

しかし蘭子は、そんな佳代子にはっきりと言ったという。

『おかしくなんかない。この子は感が尖《するど》すぎて、ちょっとばかりしんどいだけだ』

そうか。自分は結局、自分の赤ん坊の頃の声に怯えていたのか。

桜士郎は、なんだかおかしくなった。

結局、すべてがそういうことなんじゃないか？　桜士郎が今、自分の居場所が定まらないような気がしているのは、祖母や、詩織や、堀田のオジや、ほかの誰かのせいではない。

答えは自分の中にずっとあったのに、見ようとせず、自分で自分を苦しめていた。

自分で壊したものは、自分で直す。含蓄《がんちく》がある言葉だ。

そんなことを考えていると、タイミングよく、夏樹から連絡があった。例の瓶子の修復が進んでいるから、約束通り一度見に来いというのだった。

桜士郎はすぐに七福堂に向かった。瓶子よりも何よりも、とにかく今、夏樹に会いたくて仕方がない。

夏樹はちょうど休憩中だったらしく、工房でコーヒーを飲んでいた。

「おー、もう来たのか」

連絡をもらったのは十五分前だ。

「夏樹、俺さ」

近づきながら、我慢できなくて話しだす。

「昔はずいぶんと泣き虫だったんだ」

「へえ」

「学校にいても家にいても、気が休まることがなかった。いつも怯えていたし、不安で仕方がなかった。でも不思議と、ばあちゃんや父さんが祝詞をあげると心が鎮《しず》まった。あの瓶子から赤ん坊の泣き声がするって言ったけど、自分の泣き声かもしれないんだ」

「じゃあ、自分の声に怯えていたのか」

「おう。もしかしたら、昔の、怖がりで臆病な自分が戻ってきちまうかも、と思ったのかもしれないんだぜ」

「なんでそう思うんだ。今は泣き虫じゃないだろ」

「ばあちゃんがいないから」

桜士郎は自分で答えて、驚いた。そうだ。俺はずっと怖かった。蘭子が死んで自由になったと思ったのに、怖くなったんだ。

「もう誰も、俺のいるべき場所を示してくれないんだと思って、怖かった。ばあちゃんがいないと、俺は霊感がやたら強いだけでなんの能力もない、人に嫌われて疎《うと》んじられるだけの、つまんない男になっちまう気がして、怖かったんだ」

「桜士郎は臆病じゃないし、嫌われてもいない」

夏樹は静かな声で否定する。

「いいや」

桜士郎は、じっと夏樹を見た。

「俺は人との距離の取り方がおかしいって、昔の彼女に言われたことがある。とことん退《しりぞ》けるか、とことん近づくか、どっちかだって。確かに俺、親しくなるやつのことは、単なる好きってレベルじゃないんだ。俺、夏樹のこと好きというより愛してるし、ましましのことだってそうだ、愛してやまない」

「それはありがとう」

夏樹は真顔で答えた。気持ち悪がったり、鬱陶《うっとう》しがったりはしない。

「桜士郎は自覚ないかもしれないけど」

夏樹は言う。

「おまえは強い」

ははっ、と桜士郎は笑ってしまう。

「強いなんて言われたことない」

今は身長も伸びたが、ずっとチビで痩《や》せていた。

「いや、強い。何しろ紙きれ一枚で俺を救ったんだからな」

「あれは……ただ夢中で」

「その距離感のなさに救われる人間もいるってことだよ」

夏樹はそっと、修復途中の瓶子の縁《ふち》に手を触れた。まだ金は蒔《ま》かれていないが、一度目の漆が継がれ、完全にもとの形を取り戻している。

「俺には霊感なんてまったくないけど、これを直している間、けっこう幸せだ」

「幸せ?」

「この仕事をしていて、時折こんな風に、訳ありの器に出会う。一般的には、もう使えないし捨ててもいいのにと思われてしまうような器に。でも直しに出されるってことは、捨てられない思いがあるってことだろ。そういう器を修復すると、こっちまで幸せのおすそ分けをしてもらった気分になるんだ」

「……いいこと言うな」

「おまえが大事に思うものを、俺も大事に思うし、だから直すよ。この前のエヴァもそうだ」

「夏樹」

「ありがとな。直しに出してくれて」

にっこり笑ってそんなことを言う夏樹を見て、桜士郎は理解した。ああそうか。ここに来ると、自分の中の欠けが、自然と埋まるような気がするんだ。足りないもの。失《な》くしたもの。それは、どうがんばったって、スーツケースの中にしまい込めるものではない。

「俺さ。本当は、あと少ししたら、石垣島に行こうと思ってたんだぜ」

夏樹はこれにも、へえ、としか言わなかった。

「驚かねーのかよ」

「特に驚いてはいない」

「あのな。石垣島に、旅行で行くんじゃねーんだぞ。移住するってことだぞ」

「ああ」

夏樹の反応の薄さに、桜士郎は失望する。なんだよ。ついさっき、いいことを言ってくれたばかりなのに。

「寂《さび》しくねーのかよ」

寂しいのは自分だ。分かっている。夏樹は、少し考えるような間を置き、そして言った。

「寂しいっていうか……想像つかない」

「ああ?」

「いや、なんだろうな。桜士郎と会わない日々が、いまいち想像つかない」

桜士郎は、拍子抜《ひょうしぬ》けした。なんだよ。なんなんだよ、七堂夏樹。

いや分かっている。こういうやつなんだ。反応が薄いんじゃなくて、分かりにくいんだ。

本人の中では、けっこうな喜怒哀楽を感じているのに。

「じゃあ、俺がいたほうがいいんだな」

「まあ、それが当たり前になってるし」

これだぜ。鼻の奥がつーんと痛くなって、桜士郎はぶっきらぼうに言う。

「人のこと、古女房みたいに言うんじゃねーぜ」

「そうだな、ごめん」

夏樹は笑って、ティッシュを箱ごと桜士郎によこす。

「やっぱり変わってないってことだな」

「何がだよ」

「今でも泣き虫だ」

もう、これには何も反論できなかった。まったくもってその通りだからだ。

桜士郎は、いまだに人との距離の取り方が分からないし、寂しがり屋だし、泣き虫なのだ。受け取ったティッシュで鼻を盛大にかみ、まだ修復を終えていない瓶子をむんずとつかみ取る。

「おい、まだ完全に乾いてないんだから――」

「分かってる」

瓶子が金をまとうのはまだこれからだ。だけど、見える気がした。欠けた部分と、そこから三方向に向かって走るヒビに金が足され、輝くのが。

あの月光を思い出した。鎌倉に戻ってきた時の静かな相模湾、時折夢に現れるあの美しい映像を。

そっと瓶子に耳を当ててみる。

赤ん坊の泣き声がやんでいる。そこにはただ、当たり前のように、なんでもない普通の静寂が広がるばかりだった。

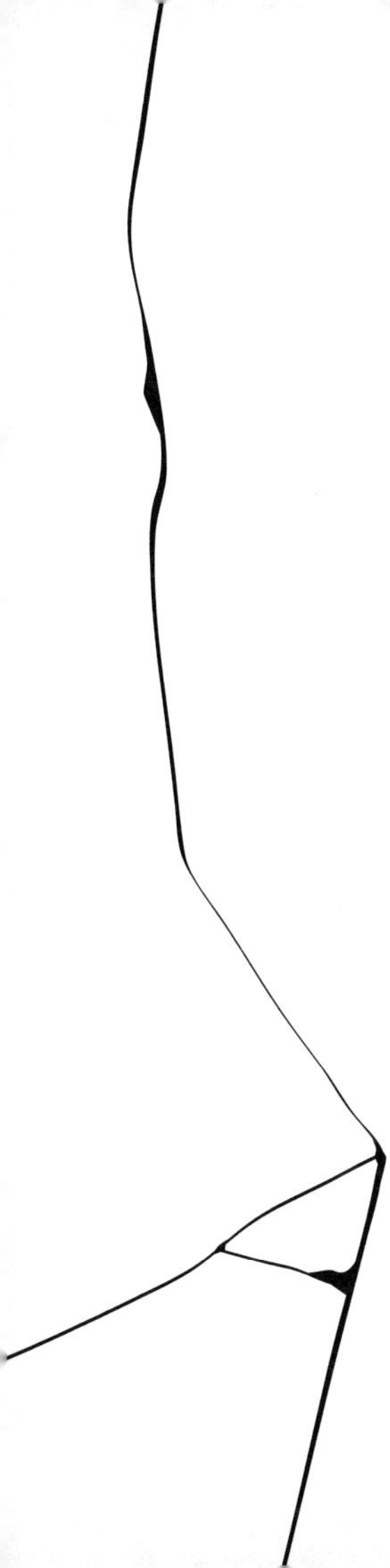

# 3

# 夏色の金

北鎌倉駅《きたかまくら》から鎌倉街道沿いをまっすぐ行くと、鶴岡八幡宮《つるがおかはちまんぐう》へと抜ける巨福呂坂《こぶくろざか》があり、その手前に建長寺《けんちょうじ》がある。鎌倉五山第一位のこの禅寺《ぜんでら》は、臨済宗《りんざいしゅう》建長寺派の本山だ。

夏樹《なつき》は家が近所なので、よくこの寺の敷地内を散歩する。たとえば梅や桜の季節には東慶寺《とうけいじ》、紅葉の時季には瑞泉寺《ずいせんじ》周辺が気に入っている。バスや電車を使うことなく、あくまでも散歩で気軽に行ける距離であることが大事だ。

建長寺の敷地は広大だが、総門と方丈《ほうじょう》庭園の先にある半僧坊《はんそうぼう》まで足を伸ばす。方丈裏から二百五十段の石段を、だいたい二十分くらいかけて登る。そこは山の中腹あたりで、境《けい》内《だい》の奥深い場所に半僧坊大権現《だいごんげん》が祀《まつ》られ、参道の石段には大小十二体の天狗《てんぐ》像が並んでいる。

夏樹の目的はその天狗像でもなければ、境内全体を見渡せる絶景でもない。そのあたりにいる地域猫を眺めることだ。

北鎌倉周辺の寺社では、猫の姿をよく見かける。建長寺で見かける猫は、だいたい太ったハチワレや目つきの悪い黒猫である。虎鉄《こてつ》と同様に、彼らも夏樹に接近を許してくれない。それでも時折出会えると、なんとも幸せな気持ちになるのだ。距離感に気をつけながらスマホで何枚か彼らの写真を撮り、もと来た道を引き返す。半僧坊の先には富士山を眺められる見晴らし台があり、その先は天園《てんえん》ハイキングコースへと続いているが、まる一日休みでもない限りそちらまで欲張ることはない。

帰り際《ぎわ》、茅葺《かやぶき》屋根の鐘楼《しょうろう》に吊るされた国宝の梵鐘《ぼんしょう》を見上げる。その昔、北条時頼《ほうじょうときより》が創建した当初からあるという梵鐘を、無意識のうちに職人の目で観察する。

梵鐘や銅像など屋外に置かれたままのものは、長年の風雨や紫外線で汚れやサビが発生しやすく、ひび割れなどが生じている場合もある。夏樹の本職は金継《きんつ》ぎ師で、こういった歴史的鋳造物《ちゅうぞうぶつ》を修理する機会はないが、祖父の清彦《きよひこ》は、地方の寺社から依頼されたことがあったはずだ。

さすがに建長寺ともなると、専門の修理業者に依頼しているのだろうが、ついつい、通りかかるとヒビや欠けが生じていないか、チェックしてしまう。

問題がないことを確認し、建長寺をあとにする。北鎌倉駅周辺で叔父《おじ》の玄《げん》ちゃんにお土産《みやげ》のいなり寿司やどら焼きを買うこともある。眞白《ましろ》の店「雪華紋《せっかもん》」を覗《のぞ》くこともある。のんびりと線路沿いを歩いて、亀岡《かめおか》神社へ続く石段を登り、境内から自宅の裏庭に抜ける。時間にして大体一時間から一時間半。趣味は散歩と答える夏樹の、これが日常である。

そのような平和な日々は、金継ぎ師をしていると、乱されることが往々《おうおう》にしてある。

六月――梅雨《つゆ》の最中《さなか》のこの日、夏樹は工房で仕事を終えようとしていた。朝九時には店を開けているが、だいたい夕方には閉めて散歩に出ている。雨だったら、明月院《めいげついん》まで行って紫陽花《あじさい》を見ようと思っていた。しかし雨は午前中でやんでいた。頭の中で別の散歩コースを組み立てていると、外からガシャン、と大きな音がした。

ああ、またか。少しうんざりしながら、数を数える。一、二、三……予想通り、五を数え終わると同時に店の表玄関が開いた。ゴメンクダサイ、と外国人風のイントネーション。夏樹は気がすすまないまま、工房を出る。

そこにいたのは、大柄な男だった。外国人。癖《くせ》の強い黒髪、割れた顎《あご》、人の好《よ》さそうな茶褐色《ちゃかっしょく》の瞳。半袖《はんそで》Tシャツには「押忍《おす》」の漢字二文字。バックパックを背負って、足元は履《は》き込まれたスニーカー。そして、大きな両手には、無残に割れた陶器がちんまりと載《の》せられている。

「怪我《けが》しますよ」

夏樹は静かに言って、カウンター裏の引き出しから新聞紙を出し、その上に割れた欠片《かけら》を載せた。欠片は大きいものがふたつ、小さなものがみっつ。外を探せばさらに小さな破片が落ちていそうだ。

「おお、アリガトー」

男はにこにこと笑っている。

「そこで割った？」

「スィ。どんとイッパツ」

夏樹は新聞紙にくるんだ欠片たちを、男に返す。彼はぽかんとした顔になる。

「え、え、エエと。キンツギ、これ、金で。ダイジョウブ?」

「駄目」

首を振って片手を突き出すようにする。

「わざと割ったものは、引き受けられない」

男は大きく目を見開き、それから早口で何かを説明しだした。英語ではない。スペイン語か、イタリア語かも。

たまにこういった客がやってくる。外国人に多い。鎌倉だから、そもそも外国人観光客はめずらしくはない。そして時々、金継ぎされた器《うつわ》に日本美を見出《みいだ》した観光客が、何かで調べて訪ねてくる。もちろんそう都合よく割れた器など持ってきていないだろうから、多くは小町通りの和食器屋で見繕《みつくろ》った器を購入し、「七福堂《しちふくどう》」の玄関先で叩きつけて割って、持ち込むのだ。

わざと割った器を直すのは、金継ぎの理念に反する。それは、祖父の七堂《しちどう》清彦が貫《つらぬ》いていたものだ。こういう客が来た時、清彦は理由も言わずに門前払いして、扉の向こうから悪態をつかれることもあった。それに比べれば夏樹は親切だと自分で思う。

理由をちゃんと説明する。日本語で。どこまで通じるかは分からないが。

「金継ぎは、割れてしまったけれどどうしても直したいもの、欠けてしまったけれど愛着があって処分できないものに対して行う修復です。もしもそれを直したいのなら、ここではない店へ行ってください」

男はじっと夏樹を見つめた。夏樹も見つめ返す。やがて、

「アレッサンドロ・ミコーネ」

と、男が自分の胸に手を当てて名乗った。夏樹は頷《うなず》き、同じように胸に手を当てて名乗る。

「七堂、夏樹」

「夏樹サン」

「はい」

「キヨヒコ、は?」

思いがけず祖父の名を出されて驚く。男は、さらに。

「キンツギ。マイスター。キヨヒコに会いに来た」

そう言って、リュックから古そうな雑誌を取り出した。どうやら美術関連の広報誌のような薄い冊子《さっし》だ。男が広げたページには、確かに祖父、七堂清彦の横顔が大きく載っている。まだ若々しい。見出しや文章はさっぱり読めないが、顔写真のほかに、ルネッサンス期の作と思《おぼ》しき石像の写真が載っている。

夏樹は思い出した。確か祖父は、夏樹が生まれる前に美術協会の紹介で、海外にも仕事で招かれていた。外国の教会の古い石像を直したこともあり、美術品を金継ぎする際の注

意点などを、記録に残していたはずだ。

ということは、目の前のアレッサンドロという男は、わざわざ海を渡って祖父に会いに来たのか。

しかし、持ち込もうとしているのは、そこで割ったばかりの器だ。清彦はやはり、門前払いしただろう。

「七堂清彦は、亡くなっています」

夏樹が事実を伝えると、アレッサンドロはショックを受けた顔をした。

「じゃあ、アナタは?」

「孫です」

アレッサンドロは大きく頷いた。

「夏樹サン」

「なんでしょう」

「ボクは、直したいの、自分で」

なるほど。これもまた時々、自分で直したいから教えてほしいと言ってくる客もいる。

夏樹は普段から、工房に人を入れるのがあまり好きではない。空気が変わるし、仕事に集中できなくなる。

だからこの場合も当然首を横に振った。

「アレッサンドロ・ミコーネさん。どうかお帰りください」

「ドウシテも？」

「どうしてもです」

頑として断ると、アレッサンドロは悲しい顔をした。

「夏樹サン、とてもイテツク人」

「？　ムカつく、の間違いじゃなくて？」

ノー、とアレッサンドロは首を左右に振る。

「イテツク人。アイス」

凍《い》てつく、ああ、つまり冷たいという意味だな。でも、仕方がない。再度しっかり首を横に振ると、アレッサンドロは肩を落とし、踵《きびす》を返した。ただし、

「またサンジョウしまーす」

と諦《あきら》めの悪い言葉を残して。

夏樹は嘆息し、工房に戻る。そもそも、工房を閉める前に最後の仕上げをしようとしていたところだった。しかし、どうにも集中できない。集中できない時に無理やり作業を進めるとロクなことにならない。

仕方がない。

夏樹は筆を置き、工房を出て縁側に行った。虎鉄が慌《あわ》てて逃げてゆく。悲しい気持ちに

なる。庭の隅では、玄ちゃんが菜園の手入れをしている。六月、雨上がりの夕方、じっとしていると湿気と暑さが襲ってくる。風はなく、いつもは聞こえる葉擦《はず》れの音も、軒先に早々に下げていた風鈴の音も、ぴたりとやんでいる。

不快なのは、そのせいだけではない。

夏樹は奇妙に落ち込んでいるのを自覚した。

散歩に出かける気分でもなくなった。

こんな時に限って眞白も、桜士郎《おうしろう》もやってこない。もやもやしていると、先程の外国人の暑苦しい顔が浮かんだ。さらに気分が滅入《めい》ったが、一方で、初対面の人間の顔を思い出せる自分に、歳月を実感する。

「玄ちゃーん。何植えてんの？」

アイロンをかけたシャツにサスペンダー姿の玄はこちらを向いた。

「え、枝豆です！」

と叫び返した。

あーそう。枝豆ね。夏になって収穫したら、月見の会で振る舞うのかな。しかし玄ちゃんは暑くはないのかな。もう六月だというのに、よく長袖シャツで畑仕事ができる。

七堂家の男たちは、みんな変わり者だ――と、夏樹の母の沙都《さと》は言っていた。清彦に、玄に、夏樹の父でありこの家の長男の光《ひかる》。大学教授をしている父のことを、夏樹は普通の人だと思っているが、母に言わせると変人らしい。変人というより凝り性《こしょう》で、コーヒーは生豆《きまめ》を取り寄せて自分で焙煎《ばいせん》するし、割と本格的な料理だってする。しかしそれは、あくまでも自分のためなのだ。休日は家族と過ごすよりひとりで山登りや美術館に行くことを好むし、父親に遊んでもらった記憶はあまりない。たまにチェスや将棋を一緒にやってくれたが、手加減なども一切しない人だった。いつも静かで穏やかだが、時に冷静すぎ、無駄を嫌い、自分のスペースと時間を大切にしている大人。そんな印象だ。

確かに夏樹は母よりは父に似ているのかもしれない。母は、どちらかというと感情的な女性だから。

『夏樹、怖い顔しないでよ』

沙都はよくそう言った。

ああ、そうか。先程の……なんだっけ、そうだ、アレッサンドロという外国人に言われたことで、昔の自分に戻ってしまったような気がしたのか。

昔、一時期、人の顔がわからなくなった。

全員が同じ顔に見えた。

身内は、区別することができた。

学校が駄目だった。俺を助けてくれたのは、亀岡桜士郎だった——。

とん、と何か柔らかなものが床についていた腕に当たる。夏樹ははっとして、硬直した。

虎鉄だ。いつもなら目が合うだけで毛を逆立てて怒るか、気配を察するだけでどこかへ逃げてしまうのに。今、夏樹の腕に一瞬だけ体を当てるようにして後ろをすり抜け、少し離れた場所できちんと正座した。

その距離、一メートル。

そうかそうか。気づかなかったふりを装《よそお》いながらも、内心では、嬉しくて仕方がない。大きなリアクションをとると、虎鉄はまたいなくなってしまうので、あくまでも自然に愛猫《あいびょう》を視界に収める。

つまり彼は、飼い主が落ち込んでいるのを察する賢い猫なのだ。飼い主であるからには、たとえ普段は嫌っていても、落ち込んでいる場合には慰《なぐさ》める必要がある。

それになんといっても、虎鉄を拾ったのは夏樹なのだ。五年前の、春の雨の日。材木座《ざいもくざ》の海岸沿いを散歩途中に、彼に出会った。堤防の上で、そこから降りることもできずに、濡れそぼって震えていた茶トラの子猫。

当初は嫌われてなどいなかったはずだ。三時間ごとに猫用ミルクを与え、排泄《はいせつ》を促《うなが》し、体温調節にも気を遣《つか》った。離乳食を食べ始める頃にはやんちゃぶりを発揮するようになった。それで何度か、工房に入ろうとするのを厳しく叱《しか》ることがあったのだが、その頃から夏樹に触らせてくれなくなった。それでも夏樹が縁側で物思いに沈んでいる時などは、こうして体を当ててくれることがある。

おまえ気にすんなよ、とでもいうように。

なんて義理堅い。

すべての人間が、猫のように気高《けだか》く自由であればいいのに。夏樹は心からそう思う。

わざと割った器は受けつけていないが、わざと割られてしまった器はもちろん修復する。この日、夏樹は小雨《こさめ》が降る中、いつもの建長寺への散歩ついでに、眞白の店に立ち寄った。

雪華紋は夕方の五時には暖簾《のれん》をしまっている。それでも遠慮なく引き戸を引くと、ふわっと日本茶の香りが鼻腔《びこう》をくすぐった。

「あら、七堂さんとこの」

店内でテーブルを拭《ふ》いていた従業員兼オーナーの富士子《ふじこ》が、にっこり笑って出迎えてくれる。

「こんにちは」

軽く頭を下げると、富士子もうふふと笑って同じように頭を下げてくれた。いつ会っても優しく感じの良い人だ。若草色の小紋《こもん》に控えめな小黄色の名古屋帯《なごやおび》といった装いも、この店の雰囲気をくつろげるものにしている。

「座って座って。お茶も飲むでしょ。眞白ちゃん、夏樹君が来ましたよ」

「お構いなく」

夏樹は一番奥の席まで行った。大きなガラス窓から裏の禅寺の池が見える、夏樹もお気に入りの場所だ。今は、雨が当たるガラス窓越しに、桔梗《ききょう》やムクゲが可憐《かれん》に咲いているのが確認できる。

しばらくして、眞白が紙袋を手に現れた。まだ紫紺《しこん》の作務衣《さむえ》を着ている。髪はひとつにまとめ、化粧はしていない。いつもの眞白だ。

「わざわざごめんねー」

と言ってそばまで来ると、茶の香りが強く漂った。

「いや、散歩の帰り道だから」

眞白から連絡が来たのは昨夜だ。店の客に器の修復を頼まれたので持っていく、と。それでたまには夏樹の方から、受け取りに来たのだった。

「これなんだけど」

眞白が紙袋から、白くて大きな箱を取り出す。夏樹が蓋《ふた》を開けると、新聞紙の包みがあり、さらにそれを開くと、中から現れたのは白地に金をふんだんに使ったティーカップとソーサー……だったもの。カップはいくつかの破片に割れ、持ち手の部分も取れている。ソーサーに至っては、見るも無残に細かく砕けている。

「ジノリだ」

「この状態で、よく分かるね。さすが」

「サヴィアの森の果実シリーズだったかな。これは木苺《きいちご》。ほかには？」

「ペアのうちのひとつだって。一客だけ割れちゃったんだって」

「なんか事情ある感じ？」

「え、なんで」

「ジノリは丈夫だから、うっかり落としたくらいだとこんなふうには割れない。たぶん、故意に叩きつけたりして割れたんじゃないかな」

「うーん……そうなのか。詳しくは聞かなかったけど、自分の嫁入り道具だったらしい。もともとは、その人のお母さんがお嫁入りの時に持ってきたものだったみたいだけど」

高価で希少な洋食器や古伊万里《こいまり》などを、代々受け継ぐ人は割といる。どんなに高価でも陶磁器の性質上、欠けたりヒビが入っていたりする場合も多く、七福堂でも年に何回かは、そういった器を引き受けている。

夏樹はそっと陶器の破片を手に取って、目線の高さに持ち上げ、破損具合をさらに確かめる。

「いつまでに？」

「できれば三カ月くらいで戻してほしいって」

「三カ月は厳しいな」

金継ぎは、漆《うるし》を塗り固める必要から、基本的に日数がかかる。その点、先日桜士郎から引き受けた瓶子《へいし》は、比較的すぐに直った方だ。割れが単純で、陶器の厚みは扱いやすく、欠けも一箇所でかなり小さかった。すべては材質やダメージ次第で、ものによっては半年から一年かかることもある。

「仕上げのイメージもつきにくいから……その人に、一回来てもらうことは可能？」

「大丈夫じゃないかな。月に二、三回は来てくれている人なの。住まいは都内だけど、鎌倉が好きなんだって」

「ペアのもう片方、完全な形のものも持ってきてほしい。ここまで砕けていると割れ欠けの修復だけじゃなくて、ある程度のデザインも必要になるだろうから」

「分かった。伝えとく」

普段はあまり他人に興味を抱かないが、器が絡《から》む場合は、少しだけ持ち主のことを知りたいと思う。器を修復する時、そこに込められた人のドラマを知ることは、割と必要なことだったりする。

器は単なるモノではない。生きた人間が実際に使い、修復されれば、長い時を生きるのだから。

割れたもの、不完全なものを大切にする文化を、夏樹は清彦から継承した。

中学に入って半年くらいで不登校になり、三年生に上がる頃に北鎌倉の祖父の家に移った。しばらくは毎日、祖父の工房でその仕事を見て過ごした。

清彦は寡黙《かもく》で、夏樹を叱ることもなければ、逆に励ますこともしなかった。ただ、そこにいさせてくれた。

北鎌倉に移って、地元の中学に転校手続きを取られたが、学校はどこも似たような場所で、一日登校したらどっと疲れて数日休む、といったことを繰り返していた。それでも、両親と住んでいた頃はまったく学校に行けていなかったので、夏樹なりにがんばっていたのだ。

祖父の工房は居心地が良かった。広々して、生漆《きうるし》の匂いがした。空気の流れは遮断され、かすかなホコリもなく毎日清められていた。静かで、窓の外からは、葉擦れの音と、鳥の囀《さえず》りだけがした。

そんな、ある意味、夏樹にとっては聖域のような場所を利用する者がもうひとりいた。

それが眞白だ。

『同じ歳だな』

とだけ清彦は紹介した。眞白は、時々やってきては当然のような顔で金継ぎの作業を見ていた。同じ歳だし、同じ学校らしいが、ふたりとも一切口を利《き》かなかった。おそらくお互いを疎《うと》ましく思っていた。

ここは自分だけの聖域なのに。清彦は夏樹にとっては血のつながった祖父なのに。肉親だからといって特別ではないことが、悔しかったのだ。

それが、今では数少ない長年の友人のひとりになっている。

夏樹は眞白に幸せでいてもらいたい。あらたまってそう告げる機会はないものの、いつも、彼女が健《すこ》やかでいられたらいいな、と思っている。

「じゃあ、帰るわ」

夏樹が立ち上がると、眞白もあっさりと、

「うん、気をつけてね」

と言った。富士子がすかさず、

「お茶も差し上げないんですか」

と呆れたように言うが、眞白は肩をすくめる。

「一刻も早く工房に持ち込みたいのかなと思って」

その通りだった。夏樹の頭の中には、すでに、いくつかのスケッチが描かれ始めている。最終的には持ち主に会ってから決めたいが、先にある程度は考えておきたい。どこに絵柄を足すか。どんな風に金を蒔《ま》くか。

そのためさっさと帰ろうとしていたところ、外で傘についた雨の雫《しずく》を払う音がして、ほどなく店の戸がからりと開いた。閉店時間を知らない客かと思ったが、違った。

「お母さん」

眞白が少し慌《あわ》てた様子で出迎える。やってきたのは、花菱瑞江《はなびしみずえ》、「はなびし」の女主人でもある眞白の母親だ。

　とても品があって綺麗な人だ。老舗《しにせ》和菓子店の女主人だけあって、海老茶《えびちゃ》色の色無地の着物を感じよく着こなし、佇《たたず》まいも風情《ふぜい》がある。

「眞白ちゃん」

　彼女は娘を、いつもちゃん付けで呼ぶ。そのたび、眞白は居心地が悪そうな顔になる。瑞江はすぐに夏樹に気づき、にこやかに笑った。

「夏樹くん。いつも娘がお世話になりまして」

「いえ。こちらこそ、仕事を紹介してもらって助かります」

「お母さん、どうしたのわざわざ」

　眞白が二人の間を遮《さえぎ》るように早口に聞いた。富士子は瑞江と会釈《えしゃく》だけし合って、店内の片付けを再開する。

「こないだの上条《かみじょう》さんの件よ。電話より、直接話した方がいいでしょ」

「その話なら、断ったよね」

「一度くらい会ってみたらって言ってるの。会ったら何がなんでも結婚しなさいってわけじゃないんだから」

　ああ、と夏樹も思い出した。母親に見合いを勧《すす》められたと眞白が言っていた。趣味がクルージングだかかの。

瑞江は、品の良い顔立ちと柔和《にゅうわ》な物言いでありながら、老舗和菓子店の女主人にふさわしい貫禄《かんろく》もある。反対に眞白の父は清彦同様に寡黙《かもく》な男だ。昨年病気をしてからは、菓子作りは長男とお抱えの職人たちに任せ、おもに地域の集まりに力を入れていると聞いている。

「だって、とてもいい条件でしょう。ちゃんとしたお家だし、次男さんだからあれこれ窮屈な思いもしなくて済むわ。それに何より、先方は眞白ちゃんの写真を見て、素敵なお嬢さんだって気に入ってくださって」

夏樹は状況を察し、

「じゃあ、俺はこれで」

帰ろうとした。しかし、

「夏樹ここにいて」

鋭い声で眞白に引き止められる。瑞江は少し驚いた様子だが、すぐに大きく頷いた。

「そうね、夏樹君にも一緒に説得してもらいましょう。ねえ夏樹君、お相手の方ね、とてもいい方なの。総合商社にお勤めで、眞白ちゃんがこのお店を続けたいなら許していただけるはずよ。もちろん転勤とか、子供ができたら、家庭に入るのが筋でしょうけど」

眞白は無言で厨房《ちゅうぼう》に入っていき、茶碗を洗い始める。食洗機は使っていない。すべて手で洗い、丁寧《ていねい》に拭《ふ》いて、完全に乾いてからしまっているのだ。

瑞江はめげずに、カウンター越しに声を張り上げた。

「あなたの年齢なら、結婚も決して早くはないでしょ。中学や高校の同級生の皆さんとか、おめでたいお話が続いているわよね」

夏樹は立場がなく、俯《うつむ》いて首の後ろをかく。

ここにいます、結婚していない同級生がひとり。もうひとりいます。神社の金髪の息子です。

とても言えない。

「眞白ちゃん。もしかして、家庭に入らなくちゃならないのが嫌なの？　まあ、そうねえ、お店もけっこう繁盛《はんじょう》しているのよねえ」

瑞江は嘆息し、店内をさっと見回した。

「じゃあ、こういうのはどう？　もし、子供ができたら、わたしやお父さんが面倒を見るから、仕事も続けられる。お父さんは半分引退したも同然だし、わたしもねえ、そろそろ全部、美香《みか》さんに任せてもいいと思ってるの」

眞白は茶碗を洗うのをやめ、カウンターの向こう側から、きつい瞳で母親を見た。

「わたしの……」

言いかけて、口をつぐむ。夏樹には、どんな言葉を飲み込んだのか分かった気がした。

（わたしの面倒を見たように？）

しかし気持ちにブレーキをかけた様子で、眞白が抑えた声音で言う。

「……お母さん。わたし、子供はいらない。夫もいらない」

飲み込んだ言葉の代わりに、眞白はそれだけを言った。瑞江は一瞬、表情がなくなったようだ。それもつかの間のことで、すぐに、柔和な微笑が戻ってくる。

「まさか、結婚しないつもりなの？」

「絶対にしないとは言わないけど、今のわたしは自分のことで精一杯なの」

「だから助けてあげるって言っているのに」

「奥さん」

ふいに声がして、ふわりと空気が動いた。夏樹が振り向くと、富士子がすぐそこにいた。

「せっかくいらしたんですから、どうぞ座ってくださいな。ちょうど今、夏樹くんにもお茶を勧めていたところなんですよ」

「……まあ。でも、わたしは眞白と話が」

「眞白ちゃんはまだ片付けが残っているんです。本当に働き者のお嬢さんで、優しくしっかりとお育ちになって。洗い物くらいわたしがやると言っても、聞いてくれないんですよ」

はあ、と瑞江は苦笑し、厨房の真白を見やる。

「お茶を召し上がりながら、眞白ちゃんの手が空《す》くのをお待ちになってくださいな。もしよかったら、わたしがお喋《しゃべ》りに付き合いますよ」

「別にわたくしはお喋りがしたいわけじゃ」

瑞江は不満そうに口を尖《とが》らせたが、富士子が悪びれずににこにこと笑っているので、毒気を抜かれたような顔になった。

「竹田《たけだ》さん。お茶はけっこうです。眞白と少し話したら帰りますから」

「まあ、そうですの。残念。眞白ちゃんが普段どれほどがんばっているか、教えてさしあげたかったんですけどねえ」

「……がんばっているのは知っています。でもわたくしは、身内だからこそ心配で」

「眞白ちゃんなら、きっと大丈夫ですよ。だってあんなに綺麗で、優しくて、商売の才能だってあるんですもの。わたしも、まるで娘みたいに眞白ちゃんが自慢なんですよ」

「眞白の母はわたくしですけれど」

瑞江は不快そうに眉をひそめた。富士子はうふふと柔らかく笑う。

「もちろんそうですとも。奥さん、本当に幸せですね。ほらわたし、子供がいないでしょう。だからとっても羨《うらや》ましいですよ。わたしだってそりゃ欲しかったんですけどね。八幡様だけじゃなくて、明月院さんとか、円覚寺《えんがくじ》さんにも子宝のお願いに上がったんですけどねえ。あら、そういえば瑞泉寺《ずいせんじ》さんもそういったご利益あるんでしたっけ？　ほかには……」

瑞江の顔がひきつっている。すると、カウンターの向こうから眞白が言った。

「今日は帰って、お母さん。夏樹とまだ仕事の話もあるし」

瑞江は、じっと眞白を見た。何か言いかけた様子で口を開き、でも、飲み込んだ。娘と同じように。少しの沈黙の後、そうね、と頷く。

「また日を改めてきちんと話しましょう。眞白ちゃん。近いうちに家の方に顔を出しなさい。お母さん、あなたの好きなお煮しめ作るから」

それから、夏樹と富士子に優雅な所作《しょさ》で会釈すると、ゆっくりとした足取りで、店を出ていった。眞白はようやく厨房から出てくると、夏樹のそばの客席にすとんと腰を下ろす。腕を組み、テーブルを睨《にら》みつけるようにして言った。

「ごめん、嫌なとこ見せた」

「いや、俺は別に……」

夏樹は紙袋をいったん置き、彼女の隣に座る。

「まだ話あるんだっけ?」

覗き込むようにして聞くと、眞白は壁の方に顔をそむける。

「あるよ。八月のお菓子がまだ決まってないし、相談したいんだから」

そう言いながらも、黙り込んでしまう。夏樹も黙って、彼女が話しだすのを待った。ちょうどいいタイミングで、

「はい、どうぞ」

富士子が茶を淹《い》れてくれて、眞白と夏樹の目の前に湯呑みを置いた。眞白は、小さく頭を下げて湯呑みを両手で持つ。

「今日もたくさんお客さん来てくれて、ありがたいけどちょっと疲れちゃったわねえ。明日は定休日だから、お互いにゆっくりできるわね」

夏樹は茶を口に含んだ。玉露《ぎょくろ》だ。さっぱりとして、深みのある味わい。まるで目の前の老婆のように。

「富士子さん、お母さんが、ごめんなさい」

眞白が謝ると、富士子はぽかんとした。

「ええ？　何が？」

「だって……いきなりやってきて、わたしにだけじゃなくて、富士子さんにも失礼だったと思う」

富士子はただ、にこにこと笑った。

「わたしはねえ、眞白ちゃん。年寄りで、なんの力もないけれど、眞白ちゃんが大好きだし、心から応援していますよ」

「どうしてですか」

眞白は硬い声で聞く。

「わたし、本当はひどい人間なんですよ。さっきも母にひどい言葉をぶつけるところでした」

「ぶつければよかったのに」

思わず夏樹はつぶやいた。本当ね、と富士子が同意する。

「それが母娘《おやこ》の特権ってものだわね」

「特権？」

「あのね。そりゃ、わたしに子供はいませんよ。でも、かつてはわたしにも母親がいましたからねぇ。親子喧嘩もしたもんです。でもいつだって、どんなひどい言葉をぶつけた時だって、母はわたしを許してくれましたよ」

眞白はじっと富士子を見つめる。

「でも……うちは」

「花菱の奥さん、嫉妬してたでしょう、わたしに」

富士子は少し愉快そうに言った。

「ほら、さっき。わたしがあなたを自分の娘みたいで自慢ですって言ったら。母はわたしですって。ねえ、眞白ちゃん。花菱の奥さんって負けず嫌いなところはあるけど、情深い人ね。あなたのこと、本当に可愛がって育てたのねえ」

眞白は何も答えなかった。夏樹は俯いた彼女の背中を、ただ、ぽんぽん、と叩く。

確かに彼女は愛されて育っている。

でも、だからこそ苦しいのだ。

湯呑みを握りしめ、黙りこくった眞白に、富士子が明るい調子で言う。

「言いたいことがあるなら、がつんと言っておやりなさいよ。あのお母さんなら、きっと許してくれますよ」

「……できません」

眞白はようやく、つぶやくように答えた。

「そう。どうして?」

「……もう二十七歳だからです。十七歳とは違います」

確かに、自分たちはもう大人なのだ。親に対する割り切れない思いを、親本人にぶつけてもいい時期を過ぎ、機会を逸した。

富士子は一瞬目を見張り、それから、けらけらと明るい声で笑った。

「あなたのそういうクソ真面目《まじめ》なところ、本当に好きだわあ、眞白ちゃん」

このおばあちゃん、けっこう口が悪いのだ。

帰り道の途中まで付き合うと言うので、七福堂までの道のりを眞白と一緒に歩いた。亀岡神社の裏手の階段に差し掛かった時、ちょうど西日が空を赤く染め、鳥居が黒々と逆に存在感を増して映った。

「昔さ」

階段を上がりながら、眞白が言う。

「毎日まいにち、清彦さんに会いに行って、夏樹に嫌がられた時期あったよね」

「今もほぼ毎日来るけどな」

「やっぱ嫌がってんの？」

「そんなわけない。嬉しい」

ふふっと眞白は笑う。

「なんかさあ、清彦さんが壊れた器を直しているのを見ると、わたし自身も大丈夫だって思えたんだよね。どんなに苦しくても、時間が経《た》てばちゃんと、収まるべきところに収まるんじゃないかって」

「桜士郎も似たようなこと言ってたな」

「春先からこっち、元気ない気がしてたけど。こないだ会ったら、もとの能天気な桜士郎に戻ってたよ」

「泣くのも笑うのも我慢しないから、回復が早いんだって自慢してた」

「はー、桜士郎らしいね」

「うん」

「夏樹は？　夏樹もそうだったの？」

眞白がそっと聞く。

「そうって？」

「割れた器が直ってゆく工程に惹《ひ》かれて……だから金継ぎ師になったの？」

「それもある」

「ほかには？」

「単純に、細かい作業が好きだからかな。パズルとか」

「えー、なんか残念な理由」

急な階段は、話しながらだとけっこうきつい。それなのに眞白は話し続ける。

「あの雨の日、覚えてる？」

夏樹は少し黙って、それから、うん、と答えた。どの雨の日か。あの日しかない。

自分は雨の日に迎え入れた者を、永遠に大切にしたいと思う人間なのかもしれない。

虎鉄もそうだし、それより何年も昔に出会った眞白のことも。

清彦に紹介された後も、夏樹と眞白は、何カ月も挨拶《あいさつ》さえしなかった。

とにかく、互いをいないものとして過ごす。金継ぎの作業を見るほかは、眞白は時折大きな作業テーブルの端で宿題などもしていた。夏樹は夏樹で工房の隅で本を読むこともあれば、うたた寝をすることもあった。

玄は、この頃は会社にちゃんと行っていた。

夏樹は、夏前には桜士郎と仲が良くなっていて、日に日に人の顔が見分けられるようにもなっていた。しかし眞白とは、お互い、学校の廊下ですれ違っても、目線すら合わせなかった。

ある日、忘れられない出来事があった。

秋の初めで、台風のため、激しい雨が降っていた。

そんな日でも、眞白は現れた。玄関で扉を開ける音がしたので、やっぱり来たのかと思っていたが、なかなか工房に現れない。眞白ではなく、普通に客が来たのだろうか。こんな嵐の日に？　夏樹は手を離せない祖父の代わりに玄関まで行った。

眞白は三和土《たたき》に立っていた。制服姿のまま、しかも全身ずぶ濡れの状態で。

「……どうしたの？」

さすがに夏樹は聞いたが、答えはない。眞白は俯き、表情は分からなかった。ずぶ濡れのまま工房に通すことはできないので、とりあえず茶の間に通し、乾いたタオルを渡そうとした。しかし眞白はそれを受け取らず、茶の間ではなく、縁側にぺたんと座り込んだ。

庭に面した窓ガラスに、激しく雨が叩きつけている。その雨をぼんやりと見つめたまま、微動だにしなかった。

めんどくさいやつ。夏樹は嘆息し、少し悩んだ末、タオルで彼女の頭を拭いてやった。容赦なくごしごしと拭いたのに、眞白は抵抗せず、かといって感謝の言葉も口にせず、されるがままでいた。仕方がなく、今度は髪をやや丁寧に拭き、長い毛先をいくつかの束にしてタオルに水分を吸わせ、首の後ろや顔も拭いた。それでも全身が濡れているのはどうしようもない。少し考え、別の乾いた大判のタオルをばさっと乱暴に頭にかぶせた。するとそのタオルの下から、初めて眞白が口を開いた。

「あんたが羨ましい」

夏樹は少し黙ってから、

「なんで？」

と聞いた。

「わたしもこの家に生まれたかった」

「生まれたのはここじゃない。両親は都内にいる」

「……清彦さんの、孫に生まれたかった」

「そう」

「うん」

夏樹は、眞白の濡れたままの靴下が気になった。

「靴下脱げば」

「うん」

頷《うなず》いたのに、行動に移そうとしない。また黙り込んで、タオルの中でうなだれている。もう放っておこうかとも思った。家に上げて、タオルを渡し、じゅうぶんだ、俺とこの子は本来なんの関係もないのだ。これ以上面倒を見る必要はない。

「……じゃあ、おじいさんに知らせてくるから」

使った方のタオルを手に、立とうとした時。ふいに伸びてきた手が、夏樹の服の袖を、ぎゅっと摑んだ。

「ちょっと、なに？」

放せよ、と鋭く言って、袖を引っ張ろうとすると、今度はより強い力で、袖ではなく腕をつかまれた。そのまま引っ張られ、次の瞬間には、視界に天井が映っていた。

いったい、何が起きたのか。つまり一瞬で、床の上に引き倒されたのだが、思考が追いつかなかった。

今なら理解はできる。眞白は弓道を本格的に習っており、体幹も腕の力も夏樹以上にしっかりしていた。それに多分、心細かったのだ。誰でもいいから、そばにいてほしかったのだろう。たとえば猫の虎鉄でも良かったはずだ。しかし虎鉄はその頃はまだこの家の住人ではなかった。

とにかく、その時、夏樹は天井を情けない気分で眺め、気持ちの整理に努めていた。

同い年の女子に倒されたことも、この状況も、何もかもが信じがたい。夏樹は、目眩《めまい》さえしたが我慢して起き上がり、眞白を睨みつけた。

「この……馬鹿力！」

しかし、そこで再び、驚いて、固まった。

眞白が泣いていたからだ。

さらに面倒な状況になった。なぜ最初から清彦を呼ばなかったのか。夏樹は自分を呪ったが、それ以上に――なんだか、不思議な気がした。

女が泣く姿には慣れているはずなのに。母がよく泣いたから。

どうして普通の子に育ってくれなかったの、と。

夏樹の母の言う普通とは、勉強やスポーツはそこそこでもいいから、問題なく学校に行ける子のことだ。毎日、「行ってきます」と言って学校に行き、普通に授業を受けて、部活に出て、休みの日には友達とカラオケに行ったり、ゲームセンターに行って小遣《こづか》いを使いすぎてしまうような子のことだ。

夏樹は違った。それでずいぶん母を泣かせた。申し訳なく思いながらも、最後には母の涙に慣れきって、何も感じなかった。

でも、目の前で泣く彼女の涙はどこか違う。

まず、うるさくない。まだ少し濡れた顔のまま、雨の名残《なごり》に溶け込むように、静かに涙がこぼれてゆく。

　夏樹は思わず、タオルにその涙を吸わせた。後から後から溢《あふ》れてくるので、辛抱《しんぼう》強くタオルを使った。すると眞白は俯いて、かたかたと小さく震え始めた。

「……着替え、俺のでよければ貸してもいいけど」

　できるだけ優しく言ったのに、何も反応しない。本当に、なんなのこいつ、と腹が立ったが、捨て置くこともできなかった。夏樹は悩み、観念した。

　寒くて心細くてどうしようもない時。俺にもそういう時はあったはず。そう、たとえば、風邪をひいて熱が一気に上がりだした時とか。

　母は、どうしてくれたんだっけ？

　はあ、と嘆息し、夏樹は半ばやけくそに近い気持ちで、足を投げ出して座り直した。柱に寄り掛かり、真面目くさった顔で眞白を睨むように見て、両手を広げた。

　眞白は、じっと濡れた目で夏樹を見た。夏樹も無言のまま、彼女を見つめ返した。すると眞白は、もぞもぞとタオルを巻きつけたまま動いて、夏樹の腕の中に移動した。夏樹は年齢の割に背丈《せたけ》はあり、腕も長い方だったので、彼女をタオルごと抱えることができた。

　眞白は、すでに泣きやんでいた。それでも震えが止まるまでの間、夏樹はぽんぽんと背中を叩いてやった。

　つまり自分にそんなことができたのは、昔、幼い頃、母がそうしてくれたことがあったからだ。そうやって慈《いつく》しんで育てた息子がこうなってしまい、改めて、親に申し訳ないなあ、などと考えていた。

どのくらいの時間、そうしていたのか。眞白の震えは収まり、小さな声で、

「着替え、借りる」

とだけ言った。夏樹は彼女を自分の部屋に案内し、着替えを適当に見繕《みつくろ》って貸した。やがて夏樹のトレーナーとジーンズを着て現れた彼女に、夏樹は大真面目な顔で言ったのだ。

「孫にはなれないだろうけど」

「さっきのは、言葉のあやで……」

体裁《ていさい》が悪そうに頬を染めている眞白に。

「家族にはなれるかもよ」

眞白は、大きく目を見張った。

「どうやって?」

「うちのおじいさん、独身だよ」

祖母は夏樹が幼い頃に亡くなっていた。自分でもちょっと突拍子《とっぴょうし》もない提案かなと思ったのに、眞白はさらに目を見開いた後、納得した様子でつぶやいたのだ。

「……それもいいかも」

「でもそうしたらさ、君は俺のおばあさんってことになるよね」

思い出すと少し笑ってしまう。もちろんまだふたりとも子供だった。眞白がその気になったとしても、清彦は一ミリとも彼女の想いに応えるつもりはなかっただろう。

あれから十三年。あの雨の日を境に、少しずつお互いに打ち解けて、今では無二の親友になった彼女は、亀岡神社に続く急な階段を登りながら、話し続ける。

「あの日さあ、お姉さんが、姪《めい》っ子を連れて家に来たの。つまり、本当の母親が、わたしの父親違いの妹にあたる赤ちゃんと一緒にね。結婚して埼玉《さいたま》に住んでいて、滅多《めった》に帰ってこないんだけど。お姉さん、わたしを見て、すごく申し訳なさそうな顔したの。でも、お姉さんより、お母さんの方が、申し訳ないって顔をしたのよ。赤ちゃんを抱っこしてあやしていたのに、わたしが学校から帰ったら、慌ててその赤ちゃんをお姉さんに押しつけて。お帰り眞白ちゃんって。それで、いたたまれなくなって家を飛び出したんだ」

武道で鍛えている眞白も、さすがに息が上がっている。それでも、何かに憑《つ》かれたように話し続ける。

「あの日もここを登って、七福堂に行ったんだ。何か、自分の中で壊れちゃった気がして、大急ぎで直さなくちゃって思って。清彦さんに会って、あの工房で少し過ごしたら、ちゃんと直って、何もなかったふりして家に帰れると思ったんだ」

実際は、花菱家ではちょっとした騒ぎになったはずだ。警察に連絡が行く前に、清彦のところに電話が来て、眞白の父親が車で迎えに現れた。

眞白の父親は、嵐の中突然飛び出していった娘を怒りなどしなかった。ただ清彦と夏樹に侘び、眞白の肩をそっと抱いて帰っていった。

「知ってるよね。うちのお母さん、わたしのこと、ずっとちゃん付けで呼ぶの。お姉さんのこともお兄さんのことも呼び捨てなのに。お父さんは、とにかく優しい。わたしに遠慮しているっていうか……細かい話だけど、たまに実家に行くと、お風呂の順番、譲ってくれるし。すき焼きした時のお肉とかもね、わたしに最初によそってくれる。それなのに、ふたりとも、わたしに、お姉さんとは正反対の人生を強《し》いる。一片も穢《けが》れなく行動し、いい家に嫁《とつ》いで、人に後ろ指を差されない生き方をするようにって」

そこでちょうど、登り終えた。夏樹は額《ひたい》にうっすら汗をかいていた。振り返ると北鎌倉の駅舎をはじめ、刻一刻と色が変化する空が広がっている。心地よい風が吹いてきて、汗が引いてゆく。

眞白はそこで、じっと眼下を見下ろしている。夏樹も同じように横に並んで、しばらくの間黙っていた。

「驚きがあるから」

ぽつりと言うと、眞白が、え？　とこちらを向く。

「あーごめん、さっきの、なんで金継ぎ師になったのかって話。本当のところ」

「ちょっと会話のテンポずれてない？」

「ごめんて。でも、眞白の話聞いたら、言いたくなった。眞白は、器が直る様を見たら自分もって言ったけど、少し違うと思う」

「どう違うの」

「もとの状態に戻るんじゃなくて、よりよく変化するってこと」

「器も……人も？」

「傷ついて、壊れても、立ち直った時、前よりずっと強くなっているし、なんなら自分も知らなかった新しい自分が出てきたりして、その変化に驚いたりするだろ」

「……うん」

「変化を楽しむ。金継ぎにはそういう魅力もある」

そしてもちろん、人もだ。

「眞白は十七歳の時とも、十四歳の時とも違う。でも、その時があったから……あの雨の日があったから、今があるんだろ」

「夏樹」

眞白は感心した様子で夏樹を見つめる。

「ごめん、さっき、残念とか言って。夏樹はやっぱり、いろいろ全部、分かってる」

「俺も十四歳の頃があったから」

せる。

「転校してきた頃だね、こっちに」

「人の顔が、ある日ぜんぜん分からなくなってさ」

夏樹は今まで桜士郎にしか教えていなかったことを、口にした。眞白はとたん、眉を寄せる。

「どういうこと」

「中学に上がってすぐくらいからかな。ある日学校に行ったら、誰が誰なのか、さっぱり分からなくなってた」

友達も、クラスメイトも、先生も。顔が分からないというより、全部同じに見えて、当然、名前と顔を一致させることもできなかった。

それより数カ月前に、自転車で転倒して脳震盪《のうしんとう》を起こしたことがあった。その時に脳を損傷していたのでは、と両親は疑い、病院で検査したが、原因は分からなかった。ただちに相貌失認《そうぼうしつにん》とは診断されず、しばらくは通院して、子供向けのメンタルクリニックも併用しながら、様子を見ようということになった。

「それで、徐々に、学校に行くのが苦痛になって。こっちに俺だけ越して来る前は、ずっと家に閉じこもってた」

夏樹はつぶやくように付け加える。

「まあ、今の玄ちゃんみたいなものだな」

玄が引きこもったのは、人間関係で大きなトラブルがあり、ダメージを負ったせいだ。

それを母親は、七堂家の遺伝のせいだと言う。

「……それで、原因は？」

「分からない。別に交友関係も、成績も普通だったと思うよ。特に誰かに嫌がらせされたわけでもないしさ。ただ、なんとなく自分の身の置きどころが分からなくなって、毎日、ひどく疲れていたな。朝起きるのが億劫《おっくう》で、学校に着くと老人のように疲れているなと思っていた」

思春期だから、と父親は言った。それは、いろいろある。誰だってある。

母親は医者に、子供が不登校の場合、親は必死に原因を特定したがるが、それは有効ではないと助言された。多くの場合、原因は明確にはならない。ただ、子供の現状と気持ちを受け入れること。環境を変えるのは場合によってはプラスになること。

北鎌倉に行ってはどうか、と提案したのは父の光だ。

『あそこは時を止めたままでも許される街なんだ』

それで、北鎌倉に来た。

「何に対しても興味が持てなかったんだけど、ここに来て、おじいさんの仕事見たらさ、まあ、眞白と同じように感じたんだよ。壊れても、直るって。前よりずっとよくなるって」

濃い紫の雲の切れ間から、強烈に鮮やかな橙色《だいだい》の光が差し込んでくる。眞白の真剣な顔が夕焼け色に染まる。

「間違いないよ」

眞白は言った。

「夏樹は、変化したんだね。十四歳までに、たくさん苦しんだから」

「眞白もな」

夏樹は笑う。

「ただ大人になると、その分厄介な問題はあるよな」

「うーん。誰かのせいにはできないってやつよね」

「もう大人だから。悩んでも苦しんでもいいけど、自分でなんとかできる。友達もいるし」

「本当にそうだね」

眞白も笑った。ようやく笑った。それで夏樹も安心する。

「ところでなんでついてきたの。せっかく俺がこれ取りに寄ったのに」

紙袋を持ち上げて聞くと、さらに笑った。

「ほんとだよー。階段の下まで見送るはずが、登っちゃったよ」

「ついでに桜士郎に会ってくか」

「そうしよう」

眞白は賛成し、一歩先に足を踏み出したが、急に思い出したように頭上を見渡した。

「今日もカラスいないな」

確かにここ数日、亀岡神社のカラスが見当たらない。桜士郎がどうやら本腰を入れて神職の仕事を向き合うことに決めたから、どこかで羽を休めているのかもしれない。

それなりに忙しく過ごしながらも、夏樹はめずらしく、彼のことを忘れずにいた。

その日、昼過ぎに休憩を取るために工房を出たところ、いきなり正面玄関の扉ががらりと開かれた。

「ゴメンクダサイ」

ああ、やっぱり来たのか。

「アレッサンドロ・ミコーネ、さん」

夏樹が記憶していた名を口にすると、彼、大柄な外国人アレッサンドロ青年は、大きく頷き、

「シチドー、ナツキ……ニイサン」

と言った。

「兄さん？」

アレッサンドロは頷き、自分と夏樹を交互に指差す。

「兄弟子、ボクは弟、弟子」

「なんで」

「指輪、直したいのです、自分で。だから教えてほしいです」

「指輪？」

アレッサンドロはそばまで来ると、受付のカウンターにポケットの中から出したものを置いた。

確かに指輪だ。台座の金はくすんでいて、大きな石がついている。緑色の……エメラルドか。ただし、割れている。ヒビが入っていて、欠けた部分が目立つ。

「古い古い指輪です。ミコーネの家の女が、じゅんばんにもらう。ママは、ノンナに。ノンナはそのママに」

つまり代々花嫁が受け継ぐ指輪ということ。先日預かったティーカップと同じ……いや、より古く伝統的なもののようだ。

「これ、割れてるの、自分で直して、彼女に贈りたい」

アレッサンドロはそう言ってさらに近寄ると、夏樹にスマホ画面を見せた。

そこには肉感的な感じの若い女性が映っている。

「ビジンでしょ」

「うん」

「可愛い、でしょ」

「まあ」

「ニーナね。ベッラ、ボクの美しい人。彼女と結婚するのに、この指輪必要」

アレッサンドロは嬉しそうだ。まだ引き受けたわけでもないのに。

ようするに、わざと割った皿を面白半分で直したいというのとは違うらしい。

「なんで最初からそう言わないんだよ」

夏樹がつぶやくと、アレッサンドロは照れた様子で鼻の頭をかく。

「指輪をいきなり、持ち出すと、シンコクすぎる気がしましたよ」

「別に俺に求婚するわけじゃないのに」

「練習したかったデス。いちばん最初に、そのへんの茶碗で」

だからそれが駄目なのだと、夏樹も祖父に叱られた。しかし気持ちはわかるのだ。練習は、したくなる。そう都合よく茶碗も割れてくれないし、わざと割って、どんな風に割れるのか形を見たいし、それが直ってどんな風に生まれ変わるのかも見たくなる。

実は昔、金継ぎを見よう見真似で始めた頃、夏樹は自分で買った安い皿を割って、清彦にこっぴどく叱られた。今考えると、祖父に怒られたのはあれが最初で最後だった。

アレッサンドロは神妙な顔で言う。

「この前、夏樹サンの話、ボク考えました」

「へえ」

「つまり、コロシと同じことですね」

「殺し?」

聞き間違いかと思ったが、どうやら違う。アレッサンドロは指で自分の首を真横に切る仕草をする。

「医者の手術の練習のために、わざとニンゲンを殺してはならぬ。偶然死んだニンゲンを提供してもらうのはよし」

どういうたとえだ。いやその通りなのだが、話がエグすぎる。

「だから最初から、指輪やります。教えてくれれば、自分で直します。ボクをどうか、ここでリッパな男にしてください!」

アレッサンドロは妙に丁寧なお辞儀をした。角度が絶妙で、おかしな言い回しも、なんだか胸を打つものだ。

夏樹は観念した。

「いいよ。練習してからで」

「エッ」

今では練習用の皿は事欠かない。亀岡神社の蔵からは割れた器がたくさん出てきて、夏樹のところに持ち込まれている。桜士郎はすべていわくつきだと言っていたが、持ち主も不明ならば引き取り手もいないから、実は時々、練習に使わせてもらっている。

「あ、ありがとうゴザイまする。夏樹さん、すごくいい人」

「この前は、冷徹って言われたけど」

「イエ、そんなこと言ってません。ボクその時、日本語よく分からなかった」

まだ一週間しか経っていない。

「……アレッサンドロ。日本語うまいね」

「イタリアで放送していた日本のドラマは、すべてモーラしてます」

網羅《もうら》なんて言葉、日本の若者でも滅多に出てこない。

「でもこの指輪、完成まで時間かかるよ。どこに泊まってる？」

「とんぼ荘デス。江ノ電《えのでん》、ゴクラクジ、徒歩五分、四人部屋」

極楽寺《ごくらくじ》のとんぼ荘？　聞いたこともない。

「安いデス。一泊二千はっぴゃくえん。朝ごはんもついてマス」

それは確かに安い。さらに聞くと、アレッサンドロの故郷はイタリアのミラノで、指輪の修復と観光を兼ねて日本に来ており、半年は滞在する予定でいるらしい。鎌倉の次は、東北地方を回る予定だとも。

「ところでなんで指輪割れたの」

もっとも気になっていることを確認すると。

「パパが浮気して」

「浮気？」

「ママが怒って、壁に叩きつけた。ママは自分で割ったくせに、パパのせいにして、さらに暴れた」

それは……はたして、婚約指輪にふさわしいのだろうか。夏樹は苦笑しつつ、アレッサンドロを工房に招き入れた。


「夏樹クン……」

ささやくような声で呼ばれる。顔を上げると、茶の間に通じる戸がほんの少し、三センチほど開いていて、手だけが見えた。それがちょいちょいと招いている。

やっぱり。夏樹はアレッサンドロに、

「ちょっと見学してて。あ、でも棚のものは触らないように」

と言い置いて、茶の間に行ってみた。するとさっきまで戸のところにいたはずの人物は、すでに縁側に通じる障子戸《しょうじど》の向こう側に下がっていた。

「玄ちゃん」

ひょいと覗き込むと、玄は案の定、縁側の奥に正座している。

「だ、誰ですかあの男は」

「お客さん。自分で金継ぎしたいって」

「弟子を取るなら相談してほしかったです」

夏樹は首を横に振る。

「弟子じゃないよ。金継ぎ師になりたいんじゃなくて、自分で直したいものがあるって言うから」

「どれくらいの間、こ、ここに来るのですか」

「一カ月くらいじゃないかな。小さいものだから、まあ最短で」

「一カ月ですか……」

玄は打ち沈む。

彼にとって、他人が工房に出入りするのは大変気を遣うことなのだ。だから普段は庭と、自分の部屋を行き来するだけの生活をしている。

夏樹は思い出す。自分が両親の家にいた頃のことを。学校に行けず、部屋に閉じこもって、母親に来客があったりすると、気配さえ殺していた。

「そうだね。まず、玄ちゃんに相談するべきだった。ごめん勝手して」

夏樹は真摯《しんし》に謝罪する。

「なんなら別の場所で指輪を直させるよ。道具と材料さえあれば、どこでも……」

「指輪……ですか」

すかさず玄が反応する。

「あ、あの人、指輪を直そうとしているのですか」

「うん。代々家に伝わる指輪を、結婚相手に渡したいから、自分で直したいんだって。だから」

「分かりました」

玄はすっくと立ち上がる。

「あ、あの人が来ている時は、僕は部屋にいることにしますから、大丈夫です」

「いいの？」

「指輪ですから。それは、仕方ないことです」

そうして玄は部屋に入っていった。その丸い背中が襖《ふすま》の向こうに消えた時、夏樹は思い出した。

玄は、確かに七堂家の男だ。

つまり対人スキルが圧倒的に不足しているのだ。人と関わると大きく傷ついて、誰にも理解されないまま、自分の殻《から》に閉じこもってしまう。

玄はもともと、大学卒業後は横浜《よこはま》の信用金庫で働いていた。

詳しくは知らないが、親友だと思っていた男に裏切られ、借金を背負ってしまったのだという。その借金は返済できた。しかし、今度は別の友人に、婚約者を奪われてしまったのだ。

玄は完全に心が折れてしまって、会社を辞《や》め、家に引きこもった。

婚約者の顔も、年齢も、出会った経緯《いきさつ》も、何も夏樹は知らない。でも結婚の約束をしたのだから、指輪を贈ったのかもしれない。

（指輪……ですか）

（指輪ですから、仕方がないことです）

夏樹は、じっと襖を見た。

玄は夏樹を幼い頃から可愛がってくれ、この家で一緒に住むようになってからも、常に優しかった。今でも二言目には家族愛を口にする。だが、その一方で夏樹に捨てられたくないと不安がったりもする。

あの戸を開けて、言ってやりたかった。玄ちゃんは、何も悪くない。ひとりじゃない。俺はずっとそばにいるからさ。

でも、たとえ心を許した甥《おい》であっても、あの襖を勝手に開くのは許されていない。あの襖から向こうは玄の聖域であり、本人以外、誰も入ることができない。その明確な境界線があるから、部屋の主《あるじ》は、家の敷地内なら動き回ることができるのだ。

夏樹は、アレッサンドロが待つ工房に戻った。

雪華紋で出す六月の和菓子は二種類と決めている。

この日、店は定休日だったが、眞白は月の最終週に出す和菓子の試作品を作っていた。三週目までは、紫陽花をモチーフにしたきんとん。梅雨に見立てた透明の寒天とブルーの紫陽花を表現した小さな花びら。とても好評だ。

来週には、これもまたオーソドックスな水無月《みなづき》を出す予定でいる。三角形の白いういろうに小豆《あずき》を重ねた水無月は、「夏越《なごし》の祓《はらえ》」という神事が行われる六月に食べる風習がある。茶道教室でもおなじみのお菓子だ。

こんな風に、季節のことを感じながら和菓子を作り、茶を点《た》てて提供する生活を、眞白はありがたく感じていた。

店を構えて、すっかり大人になったつもりでいたのに、母ひとりが登場するだけで、一気に子供時代に戻ってしまう。

みっともないところを、夏樹と富士子に見られてしまった。もっとも夏樹には昔からみっともない顔を見せてばかりいる。今さら取り繕うような間柄ではないものの、やはり、気恥ずかしい。

まだ、親子のことで悩んでいるなんて。

眞白は頭を振り、できたての水無月を小さな重箱に詰めた。すると、

「ごめんください」

　と実にタイミングよく彼女が現れた。

　園田真紀子《そのだまきこ》。彼女が、割れたジノリのティーカップの持ち主だ。夏樹に頼まれ、眞白が連絡し、割れてないカップとソーサーも一客持参してもらった。

　今日これから一緒に、七福堂へ行く。

　真紀子が雪華紋を知ったのは、観光のために購入したガイドブックがきっかけだったという。それから何度か来てくれているのだが、いつも綺麗で品の良い装いをしている。

　今日は、明るいクリーム色のサマーニットとスカートのセットアップで、薄手の緑色のストールをアクセントにしている。母の瑞江と同年代ということだが、もっとずっと若く見えた。

「せっかくのお休みなのにすみません、花菱さん」

「大丈夫ですよ」

　眞白はエプロンを外しながら、軽く手を振る。

「七福堂には、よく行っていますから。すぐにご案内しますね」

　今日は、裏手の神社を抜けるコースを使うわけにはいかないだろう。眞白は店を出て、彼女と連れ立って歩きだした。

　幸い雨はやんでいて、表通りを使うと、二十分くらいで着く。場所柄どうしても坂道になる。ちらりと真紀子の足元を見ると、歩きやすそうなシューズだ。あらかじめ言っておいて良かった。

「鎌倉は坂道が多いですねえ」

歩きながら、真紀子が言った。

「そうですね。わたしが通っていた高校も山の上にあります。急な山道を使って通学していました」

雨の日や、遅刻しそうな時は大変だった。頭上を走り抜けるリスと競争するように走った。おかげで足腰がずいぶん鍛えられた。

「花菱さんは、文武両道で素晴らしい生徒さんだったんでしょうね」

いえ違います、と答えるのもどうかと思い、眞白は黙ってしまう。真紀子はその沈黙を気にする様子はなく、さらに。

「初めてガイドブックでお顔を拝見した時、なんて素敵な女の人なのかしらって、感心したんです。立派な職人さんで、お店をやられていて。あなたの作ったお菓子がどうしても食べてみたくて、ひとりでもいいから、鎌倉に行こうって思ったの」

「一人旅の方も多いです」

「でも本当は、娘と来たかったのよ。ほら、あの日、お茶碗を割っちゃった母娘《おやこ》連れのように。仲良く散策して、長谷寺《はせでら》や明月院にお参りして、小町《こまち》通りで美味しいもの食べて」

そうだ。なぜ金継ぎ師の紹介を頼まれたかというと、あの日、真紀子も店内にいたからだ。あんみつの器を割ってしまった母娘とのやり取りを聞いていたらしく、あの後すぐに頼まれた。

「お嬢さんがいらっしゃるんですか」

「ええ。花菱さんと同じ歳の娘が。今は結婚して、モロッコにいます」

「モロッコ」

眞白は足を止めた。真紀子が先に立ち止まったからだ。やはり坂道がきついのかと思って顔を見ると、そうではないらしい。

「ちょっと花菱さんに似てるんですよ。ほら」

彼女は携帯の画面を眞白に見せた。真紀子とふたりで頬を寄せ合うようにして笑うのは、濃紺のセーラー服姿の少女だ。

「ずいぶん前に撮ったものですけれどね、目のあたりとか、口元とか、似ているでしょう」

「娘さんの方がずっと美人です」

お世辞でもなくそう言う。確かに切れ長の目元は似ているような気もするが、少女は眞白よりずっと柔らかで甘やかな雰囲気だ。何しろ眞白は普段、無愛想だ。写真に笑っておさまることなど滅多にない。真紀子はふふっと笑った。

「いえ似ているんです。だからわたし、思わず写真も一緒に撮ってもらっちゃって」

ああ、と眞白は思い出した。あの日、茶碗を割った母娘は、店の奥で楽しそうにツーショットの写真を撮っていた。真紀子はそれが羨ましかったのかもしれない。

ふたりは再び歩きだした。

「娘さん、時々帰ってこられるんですか？」

今度は真紀子が沈黙した。隣を見ると、寂しそうな横顔。

「あの……」

余計なことを聞いてしまった。何か言わなければ、と言葉を探していると、対向車線を下ってきた一台の白い車が止まり、運転席の窓が開いた。

「おーい。ましましー！」

桜士郎だ。

ああ、と眞白は右手を上げて合図をした。おう、と同じニュアンスで。隣で真紀子が驚いた様子で、桜士郎と眞白を見比べている。無理もない。桜士郎は金髪に、サングラス姿、おまけに白いミニバンのルーフトップには派手な柄のサーフボードとなれば、ふたりの関係性が気になるだろう。

「おまえ、夏樹んとこ行くのー？」

桜士郎が真紀子の表情などお構いなしに聞いてきた。

「うん、金継ぎの紹介でー」

と答える間にも、後ろから来た車がミニバンを追い抜いていく。表通りとはいえ、それほど幅が広いわけでもない。眞白はしっしっ、と桜士郎を追い払うように手を振った。

「そっちは海行くんでしょ。またね」

「夏樹んとこ行くんなら、伝言頼まれてくんない？」

「なに」

「いよいよ明日、今月の満月の集《つど》いを催《もよお》す！　心身を清め、その時を迎えるように！」

びしっと親指を立てて高らかに宣言しているが、何ひとつ格好良くはない。

「はいはい」

眞白は気のない返事をして、真紀子を促して歩きだした。

「お友達？」

遠慮がちに真紀子が問う。

「はい。同級生なんです。小学校からの」

「まあ……」

「彼、この先の亀岡神社の跡取りなんですよ。普段は権禰宜《ごんねぎ》をやっています」

まあ、と真紀子は先程より大きな声でつぶやいた。相当驚いた顔をしている。それは、そうだろう。金髪の禰宜など、ほかに聞いたこともない。ただ、見た目は確かにチャラいのだが、ある意味、彼以上に神職にぴったりの男はいない。そう説明したくてムズムズしたが、やめておく。

「じゃあ、満月の集いっていうのは……何かご祈禱《きとう》とか、そういう？」

「いいえ」

眞白はふっと微笑を浮かべた。

「単なる飲み会です」

いよいよとか言っていたが、毎月やっている。七堂家の縁側で、月に一度、月見酒を飲む。亀岡神社の跡取りである桜士郎いわく、月光により、心身が非常に清められるのだという。

でも眞白は、あれは単なる飲み会だと思っている。夏樹だってそうだろう。もちろん、それでいいのだ。たとえ夜空が曇っていても、眞白たちは集うのだから。


七福堂の正面玄関が開く音がしたので、夏樹は工房から顔を出した。

「いらっしゃい」

眞白と、五十歳前後の女性が立っている。

「あ、はじめまして。園田真紀子と申します」

女性ははにかんだ様子で頭を下げた。

「このたびは、お世話になります」

「いえ、こちらこそ。わざわざご足労いただいて」

「素敵な方ですねえ。花菱さんと、とってもお似合い」

夏樹は曖昧《あいまい》な感じに微笑み、いつも通りの答えを口にする。

「でもこの人、年寄りが好きなんですよ」

「え？」

眞白は聞こえないふりを決め込んでいる。でも、ほんの少しは微笑んでいることを夏樹は知っている。

彼女は本当に清彦が好きだった。あの雨の日、清彦と結婚すれば身内になれると夏樹が提案した時、真剣に考えていた。

夏樹は真紀子を工房に案内すると、椅子を勧め、先日眞白経由で託されたジノリのティーカップセットを作業テーブルに置いた。

カップもソーサーも、すでに丁寧に形を再現し、マスキングテープで破片同士を仮止めしてある。

「かなり細かく割れていますが、幸い破片はほとんどありました。ただどうしても細かく穴が開いてしまう箇所がいくつかあるので、そこは漆で慎重に埋める必要があります」

真紀子は神妙な顔で器を見つめている。

「ペアのカップは持ってきていただけましたか？」

「あ、はい」

作業テーブルの上に、割れたものと同じカップとソーサーが置かれた。

とても美しいカップだ。白地に黄金の縁取《ふちど》り。木苺は赤の釉薬《ゆうやく》で丁寧に描かれ、葉と細い蔓《つる》、そして蝶は、すべて金で描かれている。

夏樹は割れているものとそうでないものを見比べて言った。

「サヴォイアのシリーズはすべて手描きですよね。ペアでも、微妙に違う」

「そうなんです。木苺の大きさとか、蝶の翅《はね》の感じが少しずつ違いますよね」

「特にソーサーの破損が著《いちじる》しいので、かなり手を加えることになると思いますが、大丈夫ですか？」

「手を加える、とは……」

真紀子は困惑した顔をした。

「もともと器にたくさん金が使われているので、金で継いでもそれほど違和感はないと思うんです。でも、割れてしまっている箇所に金をそのまま蒔くと、もとの絵柄とぶつかってしまうので、互いに馴染むように絵柄を足します」

金継ぎにはいくつか手法があるが、デザインを新たに足す場合、夏樹が心がけていることがある。もとの器より、主張が前に出すぎないこと。ほとんどの器は、割れてしまっても、金や銀で継ぐことにより、かえって味わいのある品に生まれ変わる。しかし、まったく別のものになるわけではない。もとの器のデザインを生かしながら、さらに魅力を引き出す絵を加える。これは金継ぎ師の腕が問われるところだ。

夏樹はスケッチブックを取り出した。そこには、カップを再生するにあたってスケッチしたイメージ図案が描いてある。

真紀子は大きく目をみはった。

「素敵。こんな感じなら、まったく問題ありません」

割れた箇所が細かく枝分かれしている箇所を、のびのびと広がってゆく木苺の蔓に見立てた。これを金で描いたら、本来のデザインをさらに華やかにした感じに仕上がるだろう。

夏樹はふと、玄のことを考えた。

玄は清彦の仕事を夏樹より長く、間近で見ていたはずだが、金継ぎ師にはならなかった。大学を普通に出て、サラリーマンになった。でも結局、今は、部屋に引きこもって絵を描いている。

どんな絵を描いているのかは知らない。何しろ部屋に入れないし、見せてくれたことはない。ただ時々、テレピン油の匂いがするし、筆を洗っているところを見ると、どうやら油彩のようではある。

玄はおそらく、目の前の事象や人間を、つい細かく見ようとしてしまうのだ。そして相手からの言動も、大きく受け止めすぎてしまう。

以前、桜士郎は言った。自分は人との距離の取り方がおかしい、と。

それは夏樹や玄も同じで、時折、胸に溜まったものを外に出してやる必要があるのかもしれない。玄にとっては絵で、夏樹にとっては金継ぎと、その仕事の延長線にある創造。

「実際に修復に入るなら、さらに細かくイメージする必要があります。なので、お越しいただいたわけですが……」

夏樹は、できるだけ静かな口調で言った。

「カップが割れた経緯《けいい》をお聞きしたいのです」

真紀子は、はっと軽く息を呑んだようだった。それから沈黙し、夏樹から目線を下げて、割れたカップを見つめる。

やがて彼女は、決意した様子で顔を上げた。

「そうですよね。職人さんですもの。これが、わざと割られたものだって分かるんですね」

「はい。割と強い力で落としましたか?」

「……ええ。フローリングの床に。食器棚から取り出して、両手でこう、持って、そのまま勢いをつけて叩きつけました」

眞白がかすかに身をすくませるようにした。すると真紀子が、あ、とつぶやいて付け加えた。

「わたしじゃなくて、娘です。娘が、これを割ったんです。わたしへの腹いせに」

真紀子はそう言って携帯を取り出すと、写真を見せてくれた。

「さっき花菱《おもざ》さんにもお見せして……高校生の頃のですけれど」

母親に面差しが似た可愛らしい少女が、笑顔で真紀子と腕を組み、写っている。

「今はもう二十七歳になります。結婚してモロッコに住んでいます」

「遠いところに行かれたんですね」

「はい」

真紀子は頷き、携帯をしまう。それから、

「わたしは、少し古いタイプの母親なのかもしれません」

噛みしめるように話しだした。

「このカップは、わたしが結婚する時に、母が持たせてくれたものです。わたしは三人姉妹の真ん中で、母は姉妹それぞれに、自分の嫁入り道具を分けたんです。母が大切にしていたカップを受け継いで、わたしも幸せでした。大切なお客様が訪ねてきた時とか、家族の誕生日の時とか、ちょっといい紅茶を買った時とか……日常の、少しだけ特別な日に使うカップでした。だから娘が幼い頃から、当然のように、あなたが結婚する時はこのカップを持たせてあげるからねって、言い続けてきたんです」

アレッサンドロの持参したミコーネ家の指輪に、園田真紀子のカップ。大切で美しいものを次代に渡したいという思いは万国共通なのだ。

真紀子は両手をテーブルの上で強く握り合わせるようにしている。節《ふし》が白く浮かび上がるほどに。

「可愛い子でした。賢くて、優しくて。当然、普通の結婚をしてくれると思い込んでいました」

眞白は息を止めるようにして、彼女の話に聞き入っている。

普通の結婚をして、幸せになってほしい。

彼女も母親にそう言われ続けている。

「でも、そうならなかった。学生の頃から、アルバイトで貯めたお金で海外のあちこちに旅行に行くような子で。ヨーロッパだけじゃなくて、インドとか、南米にも。もちろん、わたしは応援していました。若い頃に見識を広げていろんな経験をするのは、大切なことだと思うじゃないですか。まさか、モロッコで知り合った現地の男性と結婚したいと言いだすとは思いませんでした」

真紀子の顔に浮かぶ苦悶《くもん》の表情に、眞白も息が苦しくなったような顔をしている。しかし真紀子は、隣に座る眞白の様子には気づかない。

「わたし、娘を責めたんです。これは、とんでもない裏切りだって。どうして普通の恋愛をして、普通の結婚をしてくれないのかって。そうしたらあの子、食器棚からわざわざこのカップとソーサーを選んで、床に叩きつけたんです。お母さんの古い価値観で子供を縛るのはやめて、そういうのがずっと苦しかった、もううんざりなのって、そう叫んで」

彼女の娘がそう叫んだのなら、このカップを叩きつけて割った理由は明らかだ。祖母から母親、母親から自分に受け継がれる器は、価値あるものというよりも、縛《いまし》めの象徴にしか過ぎなかったのだろう。

「……それが三年前です。カップが割れたのもあっという間なら、あの子が荷物をまとめて出ていくのもあっという間でした。わたしも主人も、止めることはできなかった。その夜のうちに出ていって、それ以来、会っていません」

途中から涙声になって、真紀子は目元を何度も手で拭《ぬぐ》った。眞白は泣いていないが、心では、きっと同じように涙を流しているのだと思った。夏樹はそんな彼女を一度見て、真紀子に向き直る。

「なるほど分かりました」

我ながら平穏すぎる声だ。まるでお天気の話でも聞いたみたいに。もちろんそれでいいのだ。

家族の話は、なにも特別なことではない。どんな家にも、何かしらのエピソードがある。

「ところで、これが割れたのは三年前ということですが……その時に直そうとは思わなかったのですか？」

真紀子はハンドバッグからハンカチを取り出して、遠慮がちに鼻と目元を拭う。

「……当時は金継ぎのことを知らなくて。調べる気力もありませんでした。わたしにできたのは、床に散らばった細かな破片を、できるだけ見つけ出して保管しておくくらいで」

それも大変なことだったと思う。

「よく捨ててしまわなかったですね」

「はい、あの、直せるとは思わなかったんですが、捨てるなんてとてもできませんでした」

「大事だったからですよね」

「ええ、それは」

「大事だったのは、器とか、結婚に対する価値観じゃないのでは？　想像ですけど――娘さんへの気持ちそのものだったのでは」

真紀子は、今度は大きく目を見張った。

「すみません。生意気に、分かったようなことを」

「いえ、いいえ――」

真紀子の瞳から涙が溢れたのは、あっという間だった。

「……そうです。幸せになってほしかったんです。大切に、大切に育ててきました。一人娘ですから。誰よりも幸せになってほしかった。でもあの子は、そんなわたしの気持ちごといらないいって、カップを叩きつけて、粉々に壊していなくなった。だからすぐに直せなかったんです。母親としての気持ちを拒否されたのに、器だけ直してもどうにもなりません」

「まあそうですよね」

夏樹はあくまでも静かに、穏やかに同意する。大きなテーブルを挟んで、動と静が対峙《たいじ》している様相だ。

夏樹は立ち上がると、いったん、棚の方へ行き、ひとつの箱を手に戻った。

「園田さん。僕の祖父は、相当に腕のいい金継ぎ師だったんです」

突然、清彦の話をしたからだろう、眞白も居住まいを正す。

「これは生前の祖父がずっとこの箱に保管していたものです」

蓋を取り去る。あの漆黒の筒茶碗を、ふたりに見せた。

「綺麗に割れていますし、直すのは難しくはなかったはずです。時間もかからない。でも祖父はこれを直さなかった。直さないのに、処分もしなかった。おそらく、割れた器は持ち主によって、直すべき時期ってものがあるんだと思います。なんでもただちに直せばいいってものじゃない。祖父も、その時期を待っていたんでしょう。残念ながら、もう亡くなりましたが」

夏樹は再び箱に蓋をする。それから真紀子を見た。

「時期が来たんですか？　三年間、大事に取っておいたカップの破片を繋ぎ合わせる時期が」

真紀子は夏樹を見つめ、長い間黙っていたが、やがて小さく頷く。

「……ガンが見つかりまして」

と、自分の右胸に手を当てた。

「幸い、治療でどうにかなるようです。でも、人間、いつ何が起こるか分からないんだな、と実感するきっかけになりました」

「なるほど」

「娘に、会いに行こうと思うんです」

真紀子は、はっきりとそう言った。夏樹に訴えかけるように。

「モロッコに。来月、抗癌剤治療が始まる前に、夫とふたりで……娘に会いに」

「カップを完全に修復してお渡しできるのは、最低半年は必要になります」

「それは、大丈夫です」

真紀子は頷いた。

「先程、おっしゃってくださいました。器そのものや、価値観じゃなくて、気持ちが大事なのではと。その通りなんです。だから、モロッコには、ただ伝えに行くんです。わたしが……お母さんが、悪かったって。お母さんを許してって。どこにいても、誰といても、あなたが幸せなら……それでいいって」

震える声で紡《つむ》がれる懸命な想いが、静かな工房に広がってゆく。夏樹はこれを聞き、

「うん分かりました」

と、やっぱりどこか平和すぎる感じで言った。

「僕が責任をもって、継がせてもらいます。今日から作業に入りまして、納期が近くなりましたら、こちらからご連絡いたしますね」

「どうぞ、よろしくお願いいたします」

真紀子は椅子から立ち、ただただ深く、頭を下げた。眞白も立ち上がり、同じように並んで頭を下げた。


エメラルドは昔から職人泣かせの石と言われているらしい。

夏樹が本格的に金継ぎをするようになって、まだ十年だ。指輪を修復するのは、初めてのことだ。

それで、宝石について少し調べたところ、エメラルドが比較的割れやすい石だということを知った。希少で美しい緑色の石は、内部に小さな空洞をたくさん内包していることが多く、衝撃や直射日光に弱いそうだ。

宝石が割れるなんて、どれほど激しい夫婦喧嘩だったのだろうかと思ったが、そういう事情もあるようだ。

とにかくアレッサンドロの指輪は順調に修復作業に入っている。金の台座は外さなくても修復できそうだったが、石が割れている以上、接着面の緩《ゆる》みを想定し、外した。ついでに台座は研磨して磨きをかけ、石の方は器と同じように漆で割れを修復する。

アレッサンドロは毎回、指定された日に律儀《りちぎ》に手土産持参で現れた。そうした土産の品は地元でも有名な菓子が多く、初日に持ってきたのは、一日限定百個という洋菓子店のエクレアだった。彼はこれを手に入れるために開店前から並んだらしい。

ちょうどたまたま桜士郎が来ていて、目ざとくこのエクレアを見つけ、あっという間に食べてしまった。

「アレックスよ。おまえ、なかなかデキる男だな」

などと言った。工房で真剣な顔でエメラルドと向き合っていたアレッサンドロは生真面目に応じた。

「ノー、アレッサンドロね。アレックスじゃありません」

「ふんふん。でも、このエクレアを得ようとする情熱もいいし、まだ恋人さえいないのに指輪を先に用意しておくという、その周到さも俺は買うぜ」

「アリガトございまーす」

夏樹は聞き逃さなかった。思わずアレッサンドロの肩をつかんだ。

「は？　婚約者に贈る指輪なんじゃ？」

「あ、婚約は、まだ、までーす」

アレッサンドロは悪びれる様子もなく答えた。

「まだ、とは？」

「まだオッケーもらってません」

婚約どころか、付き合ってもいない？

「あの写真は？」

「おー、ベッラ。ニーナね。お願いして、撮らせてもらったよ」

「結婚を申し込むはずでは」

「夏樹ニイサン。イタリアの男、そこまで気、はやくない」

アレッサンドロは呆れ顔で、その後、苦笑さえした。

「結婚の前に、まず付き合う。付き合う前に、申し込む。これが正しい結婚への道。知ってましたか？」

「いや夏樹は知らねーかもよ」

桜士郎がゲラゲラ笑いだし、夏樹はふたりに殺意を覚えたが、我慢した。今の話は、玄には内緒にしておくべきだろう。

「ほんと用意周到だっての。俺もアレックスを見習って将来の嫁のために指輪貯金でもすっかな」

先月振られたばっかりのくせに。

「アレッサンドロです。サンドロでもいいですよ」

「おう、サンドロな」

「桜士郎、ちょっと静かにしてくれる」

夏樹は桜士郎のお喋りを遮《さえぎ》り、アレッサンドロに集中を促した。エメラルドは陶器と同様にしっかりと形を合わせて、隙間に色漆を入れるのだ。ここから日数をかけて固まるのを待つ。

その後、漆が固まるのを待つ間にも、アレッサンドロはやってきた。そしていつの間にか縁側で、桜史郎とお茶をする仲になっていた。

桜士郎は人見知りもするが、一度相手を見込むと、とことん心を許すので、アレッサンドロのことは認めるところがあったらしい。

いつも、アレッサンドロの手土産の菓子をお茶請《ちゃう》けに、他愛もない話をしている。特にアニメの話題で盛り上がっている様子だ。その間、玄は部屋に閉じこもって絶対に出てこない。

事件が起きたのは、七月、アレッサンドロが来るようになって三週間ほどが経った頃の夕方だった。この日も桜士郎が鼻を利《き》かせたのかやってきており、有名洋菓子店のカヌレを食べながら、縁側で喋っていた。ちなみに眞白が来た時は玄が茶を淹《い》れてくれるが、それもないので、桜士郎が茶を淹れている。夏樹は、桜士郎の茶は飲まない。なんというか、不味《まず》い。しかしアレッサンドロは美味《うま》そうに日本茶ボーノと言って飲んでいる。

「こんにちはー、なんだ桜士郎、来てたの」

裏庭からいつも通りに現れた眞白は、桜史郎と、アレッサンドロを見て少し驚いたような顔をした。

「えーと、これはどういう状況」

「俺の友達、サンドロ」

桜士郎は、がしっとアレッサンドロの肩を抱いた。

「じゃあ神社で会えば？　玄ちゃんがかわいそう」

と優しい眞白は指摘する。夏樹はパチパチ、と小さく手を叩いた。

「本当は七福堂の、まあ、見習い兼お客さんみたいな人なんだ。桜士郎と気が合うみたいで」

ふうん、と言いながら眞白は、これもいつものように靴を脱いで縁側から上がり込む。

めずらしくアレッサンドロがおとなしいと思っていたのだが、

「おー、ベッラ！」

と叫ぶやいなや、眞白の手をぎゅっとつかんだ。

「美しい人。僕の名前はアレッサンドロ……」

夏樹は思わず腰を浮かせた。おまえ、エレナだかニーナだかはどうした？

胸が奇妙にざわめいた。

予想もしていなかった感情の揺らぎに自分自身が驚き、腰を浮かせたものの次の行動には移せず、夏樹は固まってしまっていた。

しかし、そんな夏樹よりいち早く反応したのは、眞白本人だった。ぱしっとアレッサンドロの手を払い除《の》けたのだ。

「触らないで」

驚き、怯《ひる》むアレッサンドロ。こういう時の眞白は容赦ない。

「どこの国の人間だろうと、初対面の人間に許可なく触れていいわけがないでしょう」

「あ、いや、ご、ゴメゴメ、ゴメンサイ」

アレッサンドロの大きな姿が、なんだか急に小さく見える。しかし夏樹は擁護《ようご》する気はなかった。

「なんだよー、ましまし。相変わらず潔癖だな」

「うるさい桜士郎。だいたい、自分の友だちなら、神社のベンチでもいいじゃない」

「でもこいつ、こう見えていい男なんだぜ。それに気の色もけっこう綺麗で」

「気の色の話なんて今ここですんな。とにかく人の手をいきなりつかむのは駄目。挨拶が済んでから、スマートに握手するならいい。分かった？」

真白が念押しすると、アレッサンドロはがばっと床の上にひれ伏した。なんと土下座している。

「申し訳ごじゃりませぬ！」

と、あの少しおかしな日本語を流暢《りゅうちょう》に話しだした。

「それがしの不徳のいたすところで貴女様《あなた》に大変な失礼をいたしました。かくなるうえは、ハラキリする覚悟でお詫び申し上げる」

これにはさすがの眞白もあっけにとられた様子で固まっている。

「いや、何もそこまでは」

ダン！　と激しい音がして、一同はそちらを見た。襖が左右に開き、そこに、鬼の形相《ぎょうそう》をした玄が立っている。

「ま、眞白ちゃんに、よくも！」

一同が驚いている間に玄は素早い動きでやってきて、縁側からアレッサンドロを蹴り落とした。いや、正確には、アレッサンドロをとっさにかばった桜士郎も一緒に、ふたりで縁側から落ちた。

「へーきへーき。これくらい、ばあちゃんに蹴られた時の方が何倍も痛かったしよ」

幸い、縁側から落ちた桜士郎はうまく受け身を取ったのか大事には至らなかったが、額を少し切ってしまった。眞白がそこに絆創膏《ばんそうこう》を貼っている。

「もっと馬鹿になったらどうしよう」

「なんだと」

アレッサンドロの方は、左手首を捻挫《ねんざ》してしまったようだ。こちらは夏樹が湿布を貼った。玄は、少し奥に正座していて、まだ怒ったような顔をしている。

夏樹は湿布を貼り終えると台所に行き、全員分の茶を淹れて戻った。すると、

「……謝らないです」

玄が頑《かたく》なに言い放ったところだった。

「ダイジョブです」

アレッサンドロも真面目に返している。

「ボクが失礼でした」

でも玄は関係ないのでは、と夏樹は思う。いくら眞白を気に入っているとはいえ、恋人でもなんでもない。

それを言うなら、自分もまたそうだ。不快に感じる立場ではなかった。

「でもこの手じゃ、自分で金継ぎするのは難しいんじゃない？」

眞白がもっともなことを指摘する。怪我をしたのは左手で、そういえばアレッサンドロは左利きだ。

「あとは仕上げに金を蒔くだけだから、そこだけ俺がやってもいいけど」

夏樹の言葉に、アレッサンドロが素早く反応した。

「ノー、それは駄目です！」

「ああ、そう？　やっぱり自分で？」

「はい。そうでなければ、意味がありません。自分で最初から最後まで」

「分かった。じゃあ、金を蒔くのはせめて数日延ばそう」

アレッサンドロの気持ちも分かるので、夏樹はそう提案した。

桜士郎がのんびりとした声で聞く。

「でもよー、なんでそもそも金継ぎなんだ？　指輪だろ？　よく知らないけど、指輪専門のリペアやってるとこの方が、すんなり直せたと思うぜ」

「すんなり、駄目です」

アレッサンドロは言う。

「これはテツガクです」

「哲学？」

玄以外の全員が声を揃《そろ》えて問い返す。アレッサンドロは大きく頷いた。

「一度、できてしまった傷が癒《い》えた時、人も物も、より強くなるのです。不完全なものは、完全な時よりも強く、美しくなる可能性を秘めているのです。それがテツガクです」

かつてないほど流暢な日本語。

夏樹と眞白は思わずお互いを見た。神社の階段の上で、夏樹が眞白に言ったことと同じではないか。

大真面目な顔で、金継ぎの理念を述べるイタリア人。

「ボクのお母さん、お父さんの浮気に怒って、指輪壊しました。でも今はふたり、とっても仲良し。お父さん悪かったんですが、お母さんに怒られて、泣かれて、いい夫になりました。だからボクも、奥さんを大切にする。そのために、自分で直した指輪を贈るんです。ボクは、浮気しなーい、借金しなーい、ギャンブルしなーい。毎月、毎日でも、奥さんの好きな花贈る」

なんというロマンチストな男だろうか。夏樹は素直に感心しそうになったが、いや待てよ、と思いとどまる。浮気も何もニーナとはまだ付き合ってもいないし、たった今、眞白に言い寄ろうとしたのに？

しかし、

「友よ！」

がっとアレッサンドロの肩に腕を回したのは桜士郎だ。

「やっぱおまえはいい男」

「アリガトゴザイマス」

「確かに」

真顔でつぶやいたのは、眞白だ。

「国が違っても、美しいと思うものは一緒なんだね。哲学か。いい言葉」

玄が何か言いだすかと思ったが、ずり落ちたメガネを指で直しているだけで何も言わない。

「お茶淹れたよ」

夏樹は頃合いとばかり、茶が載ったトレーを縁側に置いた。

「気が利くじゃん、夏樹」

桜士郎とアレッサンドロに続いて、眞白も湯呑みを取り、一口飲んだ。

「……不味い」

「え」

「夏樹、これ、茶葉入れすぎだよ」

「そんな？　俺、桜士郎よりはうまく淹れられる自信あったのに」

「夏樹、俺に失礼だぞ！」

「美味しいデース、日本茶ボーノです」

夏樹も一口飲んでみたが、確かにあまり美味しくはない。すると、

「僕が淹れ直してきます」

玄が静かな声で言って、台所の方へ行った。その背を見て、夏樹は考える。

傷ついて、癒えた時、もっとずっと強くなるという哲学。

もしかしたら玄も、何か感じるところがあったのかもしれない。


結局、アレッサンドロの指輪の修復が完了したのは、七月の終わり、梅雨がとっくに明けた頃だった。

指輪は、エメラルドに金色の光が弾《はじ》けたようなデザインになり、非常に雰囲気のあるものに仕上がった。玄関先でアレッサンドロは満足そうに指輪を眺め、それを小袋にしまい込んだ。

「お世話になりやした」

日本人以上に日本人らしく、きちっとした角度でお辞儀をするアレッサンドロ。夏樹も名残惜しさを感じる。

彼は謎の安宿「とんぼ荘」に寝泊まりしていて、この後は東北地方を回る予定でいたはずだが、実は旅行資金が底をつきかけていたらしい。鎌倉滞在が長引いたのと、毎回の手土産も原因のひとつだろう。悪いことをした。もっともほとんど食べていたのは桜士郎だ。

それでもとにかく、指輪の修復が帰国までに間に合い、安心している。

「元気で」

「夏樹ニイサンも。ゲンさんも」

夏樹のほか、驚いたことに玄も見送りに出てきていた。玄は無言のまま頷き、おもむろに、何かをアレッサンドロに突き出した。

黒い天鵞絨《ビロード》地の小さな箱だ。おー、とアレッサンドロが顔を輝かせ、箱の蓋を開ける。中身は空だったが、それが指輪を入れるケースであることは明白だ。

「ボクにくれるのですか」

「……蹴ったりして悪かったので」

玄の謝罪に、夏樹は思わず笑んだ。一方で、アレッサンドロは破顔《はがん》すると、玄をいきなり抱擁《ほうよう》し、あろうことか両頰にキスまでし、イタリア語で早口に何ごとかを喋った。

当然、玄は硬直する。アレッサンドロが離れ、陽気に別れの言葉を口にし、玄関から出ていった。その後も玄は、動かない。

そのアレッサンドロは、何を思ったのか、小径《こみち》の途中で引き返してきた。

「なに、忘れ物？」

まさか自分もキスされたらどうしよう、と夏樹が身構えていると。

「いいえ。ボク、夏樹ニイサンにすみませんでした」

「何が？」

「ニイサン、冷徹じゃありません。すごく優しい。ゲンさんも優しい。ここは優しい人ばかりでした」

「あー、いや、こっちこそありがとう」

金継ぎの理念、哲学。突然現れた外国人が理解してくれているのだと知って、驚くとともに、嬉しかった。

「また来てもいいですか、ニイサン」

「もちろん。ああ、お土産は、今度からはいらないから」

「桜《おう》ちゃんと約束しました。今度はイタリアのお菓子持ってきまーす」

あいつ。本当に図々しい。

アレッサンドロは今度こそ上機嫌で去っていった。隣に無言のまま立っている玄に、夏樹はそっと聞く。

「あの箱さ」

「はい」

「良かったの？　あげて」

もちろんあれは、その昔、玄が実際に購入した指輪が入っていた箱なのだろう。

「いいのです」

「でも、中身は」

「それも、もういいのです。今度、庭の桜の根本にでも埋めます」

箱はともかく、指輪なら高価なものだろうに、質屋に持ち込むという考えがないのが玄ちゃんだ。アレッサンドロに負けないくらいロマンチストで、不器用で、見ようによっては馬鹿馬鹿しいのに、尊重したくなる。

しかし、

「そういえば、眞白ちゃんが来ていますよ」

玄がさらりと言った。

「それならアレッサンドロに教えてやれば、別れの挨拶できたのに」

「教えるはずがありませんね」

玄は不敵な感じに笑って、頬のあたりを袖でゴシゴシと拭うのだった。確かに、と夏樹も考える。わざわざ教えてやる必要はない。

工房に戻ると、作業テーブルの前で、眞白が熱心に夏樹のスケッチブックを見ていた。

「またすごく良くなったね」

「本人と話せたから」

紙の上、サヴォイアの木苺は蔓を力強く伸ばしている。蔓の一本一本が、葉の一枚一枚が、まるでもとからそこに存在したかのように。これが実際に陶器の肌に金で描かれたら、それは見事だろう。

カップの方は最後の漆の接着が終わり、室《むろ》の中で乾燥させている。あと一月《ひとつき》ほど置いたら、余分な漆を削り出し、金で仕上げる。

真紀子がカップを直す決心をしたのは、モロッコに会いに行く時に娘に手渡すためではなかった。あくまでも自分の気持に整理がついたから、直すことにしたのだ。

「わたしさ、園田さんの娘さんは、園田さんを許すと思うよ。というより、自分のほうこそ、許してもらいたいと思ってる。きっとね」

「そうかもね」

「それでいつか、夏樹が直したカップも、ちゃんと受け取ると思う。だってきっと、すごく素敵に違いないから」

互いの確執が家族の思い出になった時、修復された器は、壊れる前よりもずっとずっと美しく生まれ変わる。

眞白は小さな塗りの重箱をテーブルに置いた。蓋を取り、中身を夏樹に見せる。

「八月のお菓子はこれにしたんだ」

「へえ。いいな」

去年の八月は確か、芙蓉《ふよう》をモチーフにした水まんじゅう、その前は朝顔だったたか。

今年も水まんじゅうのようだが、全体に緑色の葉をまとい、透明な葛《くず》で露《つゆ》を表現している。暑い季節、雪華紋の暖簾《のれん》をくぐった客たちが喜ぶだろう。とても爽《さわ》やかで、目に涼しい。

「葉だけをモチーフにするの、初めて見た」

「これね、御霊《ごりよう》神社のご神木を見て決めたんだ」

御霊神社は江ノ電長谷《はせ》駅から住宅街に入ったところにある歴史ある社《やしろ》だ。

「俺も時々行くよ。看板猫が可愛くてさ」

「触らせてくれる？」

「いーや、駄目。でも見かけるだけで幸せだから」

猫に多くは求めない。

「タブノキがあるでしょ。樹齢三百五十年だかの」

「圧倒されるよね」

鎌倉でご神木といえば、十年以上前に強風で倒れてしまった鶴岡八幡宮《つるがおかはちまんぐう》の大銀杏《おおいちょう》が有名だが、御霊神社のタブノキも見応えがある。

「常緑で、いつも緑の葉をつけている。大きくて、見上げる者をいつも包み込む。わたしね、夏樹を思い出したよ」

「ええ？」

夏樹はなんだかこそばゆかった。滅多にないことだが、恥ずかしいような、面映《おもは》いような。それなのに眞白は、いつもの彼女らしく、真顔で続けるのだ。

「変なことを今から言う」

「うん」

「あの雨の日、夏樹、わたしをバスタオルでくるんでくれたでしょ？　ずぶ濡れで、震えてるからって」

「ああ」

ほかに選択肢はなかった。何しろ眞白は馬鹿力で、決して夏樹を放そうとせず、口も利かず、おまけに泣いていた。当時十四歳だった自分の、精一杯の慰め方。

「わたしね。今だから言うけど、あのバスタオルから出たくなかった」

夏樹は笑った。

「なんだそれ」

「ずっとあそこに隠れていたかった。小さい子みたいに」

なんと答えていいのか、適当な言葉が見つからない。でも夏樹も、あの日を忘れたことなどない。

「今もね、ここに来るのは、夏樹がありのまま、受け入れてくれるからだよ。あの日のバスタオルとか、御霊神社のタブノキみたいにね。だからこれは、夏樹のお菓子なの。来月は、誕生月だし」

そうか。そうなんだな。夏樹は素直に、嬉しいと思う。

「そう言われると、さらにいい感じの菓子に見えてくる」

「そうでしょう」

「バスタオルのモチーフでも良かったのに」

「それは新しい」

眞白はくくっと、喉を鳴らして笑う。滅多に聞けない、彼女の笑い声が、夏樹は好きだ。

「お茶淹れてくる」

眞白は彼女らしくさっぱりとした口調で言い、足取りも軽く工房から出ていった。

# 4

# 玄《くろ》と金

枝豆が無事に収穫の日を迎えた。竹編みの籠《かご》は、産毛《うぶげ》をまとった緑の豆でみるみるいっぱいになる。まだ小さい莢《さや》もたくさんついているから、今度の満月の集《つど》いに提供することもできるだろう。

玄《げん》は籠を手に、

「よいしょ」

と腰を上げた。そこで顔をしかめる。まるで年寄りだ。

いや。実際に、確実に年はとっている。

玄は今年で四十歳だ。兄の光《ひかる》とは、十二も歳が離れている。実は間に姉がひとりいたのだが、七歳の時に事故で夭折《ようせつ》している。玄が生まれる前のことだ。

清彦《きよひこ》が眞白《ましろ》を可愛がったのは、幼くして亡くなった姉のこともあったのではないか、と玄は考えている。

夏樹《なつき》が生まれた時、玄はまだ中学生だった。甥《おい》が諸事情で北鎌倉《きたかまくら》のこの家に住むようになった頃は、玄は信用金庫で真面目《まじめ》に働いていた。

今、外に働きにも行かずこうして暮らしていられるのは、もちろん甥のおかげもあるが、昔の知識を生かし投資もしているからだ。

会社を辞《や》め、この家に引きこもるようになって、もう十年も経《た》ってしまった。年を感じることが増えてきても仕方がない。四十歳の肉体は、三十代まではぜんぜん違う。

首に巻いたタオルで汗を拭《ぬぐ》った。炎天下にいなくても、時々嫌な汗をかく。お気に入りのシャツのボタンがやっぱりきつくなっている。日中どんなにだらけた生活をしていても、夜は長く起きていられなくなった。

ふと視線を感じた。とっさに身構える。庭の枝垂《しだ》れ桜に、あの大きなカラスが来ているではないか。最近あまり見ないと思って安心していたのに、やっぱりまた現れたのか。

桜士郎《おうしろう》によれば、あれは死んだ亀岡《かめおか》のばあさんらしい。玄は、さもありなん、とすんなりと信じた。亀岡のばあさんは執念深い。それにあんなふうに嫌な目つきで玄を高いところから睨《にら》む様子も、いかにもといった感じだ。

その桜からどいてくれい。

そう、声に出して言ってやりたい。緑の葉で覆《おお》われた夏の桜、先程、そこの根元に指輪を埋葬したばかりである。

指輪を埋めたことで、玄の中で何かが一区切りついた気がしていた。まして、ちょうど十年の節目でもある。

あのカラスが、埋めたばかりの指輪を掘り返したらどうしよう。そんな妄想をして、顔をしかめる。いや、妄想とも言えない。カラスは光るものが好きだから。

玄はそろそろと、枝豆の入った籠を持って移動し、縁側へ行った。虎鉄《こてつ》が興味津々《しんしん》にやってきて籠を覗《のぞ》き、匂いを嗅《か》いで顔をしかめる。玄は虎鉄を優しく撫で、縁側に腰を下ろした。

今すぐに冷たい麦茶が飲みたい。しかし、枝垂れ桜にいるカラスは、去る様子がない。ここで見張っていなければ。指輪を……過去をほじくり返されないように。

カラスから視線をそらさず、この十年を考えてみる。

もっとも大きな出来事は、八年前に父、清彦が亡くなったことだ。玄はいい歳をして、寄る辺《べ》を失った子供のような気分になった。葬儀では、眞白が、身内以上に泣いていた。喪主《もしゅ》は都内から駆けつけた兄が務め、夏樹は……あまり動じていない様子だった。少なくとも、表面上は。

葬儀が終わり、初七日《しょなのか》が終わり、兄夫婦が東京に帰り、夏樹は、気づくと工房にこもって金継《きんつ》ぎばかりをしていた。

食事もあまり摂《と》らなかった。玄はそんな甥を心配し、決死の覚悟で山を下り、市場に買い物に行った。真夏にニット帽を目深《まぶか》にかぶり、サングラスまでした玄を、みんなが見ているのではないかという恐怖と、自身が不審者として警察に職質されたらどうしようという不安と闘いながら。そうしてなんとか目当ての食材を手に入れ、作ったのはカレーだった。

夏樹が好きな、シーフードカレーだ。わざと換気扇を回さずに作った。匂いに釣られるようにして夏樹が工房から出てきて、しめしめとほくそ笑んだ。

ふたりで、茶の間で、顔を突き合わせて、汗だくになりながらカレーを食べた。

途中で気づいた。甥が泣いていることに。

気づかないふりをした。というよりも、玄も泣いていた。汗をかき、泣きながら、ふたりで無言のままカレーを食べた。

やがて食べ終えた夏樹は、顔を上げ、顎《あご》に伝い落ちた涙と汗を手の甲で拭い、麦茶をごくごくと飲んだ。それから大きく息を吐いて、つぶやいた。

『玄ちゃんがいて良かった』

あの言葉に、玄もまた救われたのだ。

北鎌倉の、この古い家屋に、自分の居場所と存在理由が確かにあるのだと。

依存かもしれない。身内に対する、愛情と表裏一体の、なかなか厄介なもの。でも、それでもいいと、甥は言ってくれている。

優しい夏樹は、彼が中学生の時に玄があげた革のペンケースをまだ使っている。優しい夏樹には、優しい友達がいる。かつて玄にも親友と呼べる男たちがいたが、彼らとはまるで違う。眞白や桜士郎は、玄の直接の友達ではないが、夏樹に優しくしてくれるというだけで、ありがたく、大切な存在だ。

うん。この十年は、清彦が亡くなったことをのぞけば——まあまあ、悪くはない年月だったのではないか。

過去に思いを馳せている間、いっとき、カラスの存在を忘れていた。

慌《あわ》てて顔を上げる。まだ、枝垂れ桜にいる。しかしすでに、玄の方は見ていない。その黒々とした瞳は、崖の上、木立の向こうを見つめている。

そういえば、亀岡神社の眷属《けんぞく》はカラスではなかったか。

そんなことを考えていると。

「あっ……」

油断した。カラスが枝を蹴り、飛び降りると、地面に鋭い嘴《くちばし》を突き立てたのだ。

それから何かを咥《くわ》え、勢いよく飛び立つ。

何か――それは例の指輪にほかならない。

まさかそんな。想像した通りのことが、実際に起きるとは。

玄は慌てて、さっき脱いだばかりの靴に足をつっかけたが、三歩も行かないうちに、カラスは飛び立っていってしまった。

崖の上、神社の方角へと。消える直前に、夏の太陽の光を受けて、指輪がキラリと金色に輝いた。

残された玄は呆然とカラスが消えた方角を見つめていた。

しかし、やがて、腹の底の方から、可笑《おか》しみが湧き上がってきたのだった。

七堂《しちどう》玄、四十歳。十年間、未練たらしく、いじましく、押し入れにしまい込んでいたダイヤの指輪を、カラスに持ち去られる。

しかし、どうだろう。この清々《すがすが》しさは。

そんな玄の気持ちを察したように、唐突に、カラスが去った方角から、一陣の風が吹きつけてきた。坂道のあたりの木立が揺れ、枝垂れ桜の葉が揺れ、玄のところに届いた時。

確かに——夏の終りの、匂いがした。

風はそのまま頬を撫で、背後に抜けて、軒先の風鈴を鳴らす。その風鈴は、玄が幼い頃、陶器市《いち》で清彦に買ってもらったものだ。数年前の夏、いつもの年のように軒先に吊るそうとして、うっかり落として割ってしまった。それを金で継いで直してくれたのは、ほかならぬ「七福堂《しちふくどう》」の後継者だった。

「玄ちゃん」

振り向くと、縁側に夏樹が立っている。麦茶が入ったグラスを掲《かか》げて。

「水分摂らないと、熱中症になるよ」

「えーとですね、今……」

この気持ちをなんと説明しよう。カラスがですね、例の指輪を持ち去ってくれて、代わりに崖の上からいい感じの風が——いいや、違う。

「夏樹君」

「なに？」

「今日の夕御飯は枝豆と……、シーフードカレーです」

夏樹は破顔《はがん》した。

「やったね」

少年の頃から変わらないですね、その笑顔。

金が施《ほどこ》された風鈴は、まだ揺れている。その下に立つ、麦茶を手にした甥と、少し離れた場所であくびをする茶トラの猫。

幸福という名の、完璧な構図。

次にキャンバスに再現するものが決まった。玄はわくわくしながら、しばらくの間、じっとその光景を見つめていた。

※この作品はフィクションです。実在の人物・団体・事件などにはいっさい関係ありません。

集英社オレンジ文庫をお買い上げいただき、ありがとうございます。
ご意見・ご感想をお待ちしております。

●あて先
〒101-8050　東京都千代田区一ツ橋2-5-10
集英社オレンジ文庫編集部 気付
山本　瑤先生

# 金をつなぐ

北鎌倉七福堂

集英社
オレンジ文庫

2023年3月21日　第1刷発行

著　者　山本　瑤
発行者　今井孝昭
発行所　株式会社集英社
〒101-8050東京都千代田区一ツ橋2-5-10
電話【編集部】03-3230-6352
【読者係】03-3230-6080
【販売部】03-3230-6393（書店専用）
印刷所　株式会社美松堂／中央精版印刷株式会社


ISBN 978-4-08-680494-3 C0193